義母

藍川　京

幻冬舎アウトロー文庫

義母

義母＊目次

一章　指先

哀しみが癒えたわけではないが、他界した夫の英慈《えいじ》が戻ってくるはずもなく、嘆きのあとに、悠香《ゆか》は肉の疼《うず》きに苛《さいな》まれるようになった。

秋山悠香は三十四歳。女として、これから本当の肉の悦《よろこ》びを知るはずだった。とはいえ、悦びを知らないわけではないし、敏感な躰《からだ》だとも言われてきた。けれど、さらに深い悦楽に身を浸すことができるようになると言われ、そのときが来るのが待ち遠しかった。躰を重ねるたびに深まっていく夫との性愛に満足していた。

英慈は悠香より二十歳も年上だった。女子大に通っていたときの教授で、四十歳で妻を亡くした英慈は、その二年後に教え子の悠香と再婚した。

親とさほど歳《とし》の離れていない相手と結婚することに、悠香の身内からの反対がなかったわけではないが、穏和な人柄や、英慈のひとり息子の、当時高校生だった慎介《しんすけ》にも受け入れられたことで、大学卒業と同時に籍を入れた。それが、わずか十一年で幸せな生活にピリオドが打たれてしまった。

車道に飛び出した見知らぬ幼児を助けようとして車に轢《ひ》かれ、英慈は亡くなり、幼児は事なきを得た。

我が身を捨てて幼い命を救ったことで世間からは賞賛され、マスコミの話題にも上ったが、悠香にはそんなことなどどうでもよかった。英慈が生きていなければ意味がない。

それから一年半。どうやって生きてきたか、その日々を思い出せないことがある。今では、哀しみ以上に肉の渇きに懊悩《おうのう》するようになった。

夜、ベッドに入ると指先が下腹部へと伸び、翳《かげ》りを載せたほっくらした丘陵の割れ目の中へと動いていき、女の器官に触れてしまう。

今も、悶々として眠りにつくことができず、ネグリジェの裾から手を入れ、翳りを撫《な》でまわしている。それ以上のことは我慢しようと言い聞かせているが、ワレメの中への誘惑は増すばかりだ。

初めて自分の指で慰めたのは大学に入学してからだった。誰に教えてもらったわけでもないが、気がつくと隠れている秘密の場所に触れていた。それまで知らなかった、めくるめく悦楽の波が総身を駆け抜けていったとき、いったい何が起こったのか理解できなかった。あまりの快感に、少し小水を洩《も》らしてしまったのもショックだった。

衝撃の大きさに、それから、こっそりとそこに指を伸ばすようになった。そんなことをしているのは自分だけだろうと、自己嫌悪に陥った。それでも、妖しい快感から逃れられなかった。

英慈と結婚してから、幼少のころから無意識にそこを触っている者もいると聞き、冗談だと思った。けれど、性教育の本を見せられ、事実と知って驚いた。そして、ほっとした。悠香が女になったのは大学生になってからだ。英慈と結婚する前に、ひとりの男しか知らない。英慈に求められなかったら、その男と結婚しただろうか。それとも、また別の恋をしただろうか。その男とは、生涯の伴侶という意識はなかった。

英慈に熱心に求められたとき、信頼できる教授で真摯《しんし》な人柄がわかっていただけに、それまでつき合っていた学生への思いが薄れていき、英慈への思慕がつのっていった。

先妻を亡くして不自由している英慈の妻になろうと決意したものの、すでにひとりの男を知っているのが後ろめたかった。今の時代、何人の男を知っていようと不思議ではないかもしれないし、ヴァージンのまま結婚する方が珍しいかもしれない。けれど、悠香にとってはタブーに近かった。隠したまま結婚することはできずに告白した。

『何を気にしてるんだ。先妻がいた僕はどうなるんだ。他の男を知っているとわかって、かえって安心した』

英慈にそう軽く流されたとき、ますます尊敬の念が強くなった。この男の妻になるのだと、震えるような感動を覚えた。

学生だった男は、いつもベッドで性急だった。男女の行為とはそんなものかと思っていた。男が果てて満足しているのを見て、悠香も満ち足りていた。

けれど、英慈との営みで、その男と過ごした時間とはまったく別の世界があるのを知った。暮らしはじめたとき、英慈は四十二歳で落ち着いていた。学生だった男のように、すぐに屹立を花壺に沈めて果てるようなことはなく、ゆっくりと悠香の総身を愛撫していった。

指先や唇や舌が肌を滑っていくだけで悠香は声を上げ、みるみるうちに蜜液でシーツを濡らし、大きなシミを作った。それが恥ずかしくてならなかったが、英慈はいつも嬉しそうだった。

最初の男にも秘芯を口で愛されたことはあったが、お座なりで、すぐに剛棒を花壺に沈め、腰を動かした。それに比べ、英慈は肉のふくらみを指で大きく左右にくつろげると、まずはじっと見つめた。

何もされなくても目で犯されているような気持ちになり、じっとしていることができずに腰をくねらせた。見られているだけで蜜が溢《あふ》れ、会陰を伝ってアヌスまでしたたっていくのがわかるときもあり、羞恥に身悶《みもだ》えた。

『見られるだけで感じているのか？』

そんな英慈の言葉も恥ずかしかった。

英慈にウブで奥手だと何度か言われたが、見られるだけで濡れてしまう自分は、もしかして、誰より淫《みだ》らな女かもしれないと思うようになった。けれど、その一方で、紳士のような顔をしていながら、女のいちばん恥ずかしいところを飽きることなく見つめる英慈の方が、悠香より淫猥なのかもしれないとも思った。

『見ないで……』

そう言いながら、いつも悠香は感じていた。触れられなくても感じることも知った。

英慈は花びらや肉のマメ、肉茎を呑《の》み込む秘口がどうなっているか、熱心に説明することもあった。

『悠香の花びらは左右対称できれいだ。色もいい。見ているだけで食べたくなる。こんな美《お》味《い》しそうな性器を持ってる女はめったにいないぞ』

満足げに言い、太腿《ふともも》のあわいに顔を埋《うず》めた。

ねっとりした英慈の舌戯に、いつも悠香は他愛なく絶頂を迎えて総身を打ち震わせた……。

今、ネグリジェの中に手を入れ、ショーツをつけたまま翳りを撫でている悠香は、必死に誘惑と闘っているものの、勝てないのはわかっていた。

今夜も、ついに指がワレメに入り込んだ。

恥ずかしい行為を待ち望んでいた女の器官は、すでにぬめりで覆われている。その感触に、悠香は熱い息を鼻から洩らしながら、口に溜まっていた唾液を呑み込んだ。

二枚の花びらも、肉のマメや、それを包んでいる細長い包皮も、すべてがぬめついている。何もしないうちから濡れているのは脳で感じているからだ。かつて英慈にされたことを思い出したり、破廉恥な妄想を浮かべたりするだけで、こんなにも躰は変化する。

鏡を覗《のぞ》いてみれば、花びらは充血してふくらみはじめているのかもしれない……。そう思ったとき、悠香は傍らのナイトテーブルの抽斗《ひきだし》に目をやった。

結婚するまで、自分の太腿のあわいを鏡に映したことはなかった。けれど、英慈はそれを知ると、ある日、ベッドに手鏡を持ち込み、行為の前の女の器官を、強引に悠香に見せようとした。

秘密の部分を鏡に映されているだけで、破廉恥すぎて恥ずかしかった。まして、それを見ろと言われたときは、何度も首を横に振って目を背けた。

けれど、見ないなら、今夜は何もしないと言われると、穏和な英慈を怒らせたのだろうかと、それが不安で、ついに鏡に視線を向けた。

パールピンクにぬめ光る女の器官はグニュグニュとした異様な形状で、悠香は動悸がした。今度は羞恥より恐怖に近い感情に包まれ、すぐに目を逸《そ》らした。

『きれいで可愛いだろう？』

最初は英慈の言葉が理解できなかった。けれど、誉《ほ》められ、何度も眺めているうちに、翳りを載せた肉の堤の内側に隠れている花びらも肉のマメも包皮も、肉茎が沈んでいく秘口も、すべてが美しいと思えるようになった。可憐で愛しいと言う英慈の言葉に、至福を感じた。

英慈が亡くなってから、手鏡を手にすることもなかった。悠香は胸を喘《あえ》がせながら、ナイトテーブルの抽斗から久々に手鏡を取り出した。

英慈が幾度となく握った手鏡だと思うと、まだそのぬくもりが残っているようで、思わず頬を擦《す》りつけた。

荒い息をこぼした悠香は、布団を剝《は》いだ。そして、英慈の好きだった淡い桜色のシルクのショーツを下ろしていった。

左の踝《くるぶし》から布片を抜くと、右の踝にそれを残したまま、すでに捲《まく》れ上がっているネグリジェの裾を、さらに胸の方へと引き上げた。

下半身が露《あら》わになり、漆黒の翳りも剝《む》き出しになった。

半身をバックボードに預けた悠香は、太腿を開いて膝《ひざ》を立てた。白いすべすべの脚がＭの字になり、ワレメから銀色の蜜液が滲《にじ》み出した。

「見て……ね、恥ずかしいところを見て」

そう言った悠香は、手鏡を太腿のつけ根に持っていった。

ぬらぬら光る女の器官は、英慈が映して見せたときと同じ色と形をしている。けれど、久々に見る秘部はやけに淫らで、もしかして、以前はもっと淡い色だったかもしれないとも思った。

夫婦の行為から離れて一年半。発情した女の器官は妖しく紅く染まっているのだろうか。以前からこんな色だったような気もするし、ちがうような気もする。

「欲しい……あなた……」

肉の渇きを癒されたい悠香は、掠《かす》れた声でそう言うと、太いもので中心を貫かれたくてたまらなくなった。

今まで、花びらや肉のマメに触れて絶頂を極めたことはあっても、女壺に異物を挿入したことはない。

英慈のものを何度も受け入れていながら、それよりはるかに細い自分の指一本さえ入れるのが恐い。デリケートな肉のヒダを傷つけるような気がしてならない。

悠香は鼻から湿った息を洩らしながら、手鏡を左手に持ち替え、利き手の右の人差し指を秘口に押し当てた。

すでに肉の祠《ほこら》の周辺にはうるみが溢れ、受け入れる態勢になっている。けれど、自分で挿入したことがないだけに、心臓が激しい音を立てはじめ、鼻からこぼれる息もますます荒くなった。

「して……」

自分の指を入れようとしていながら、悠香は英慈からされている妄想を浮かべた。

胸を喘がせながら、人差し指をそっと花壺に押し込んだ。第一関節まで沈めただけで、いっそう動悸が激しくなった。

こわごわ指を進めていくと、遮られることなく根元までスムーズに沈んでいった。

沈むときの肉ヒダへの感触が心地よく、思わず甘やかな喘ぎが洩れた。

一年半ぶりの異物の侵入に、器の中がやけに熱い。

英慈も自分の肉茎を奥まで沈めたあと、熱いと言うことがよくあった。そして、締まっていながら、とろけそうなほどやわやわとしているとも言った。確かに、指はすんなりと沈んだものの、寸分の隙間もない。

三十四歳にもなって初めて自分の女壺を確かめた悠香は、まだ指を動かすのが恐ろしく、じっと息をひそめていた。

　こんなに恥ずかしいことをするなんて……。

　静かすぎる寝室だけに淫らさが際立つようで、悠香は、やはり自分は淫らな女なのだと思うしかなかった。

　今まで、肉のマメや花びらを揉みほぐして法悦を迎えたことしかない。それで満足していた。それが、ついに女壺に指を沈め、膣ヒダの刺激を求めようとしている。

　英慈の剛直を二度と迎え入れることができないと思うと、渇きと哀しみが同時に悠香を襲った。

「して……もっと……」

　英慈にされている妄想を脳裏に浮かべながら、悠香はさらに太腿を大きく開き、静止させていた指をゆっくりと動かし、女壺に挿入している人差し指を引き出しては、またそっと沈めていった。奥へと進めていくとき、膣ヒダが指の太さだけ押し広げられる。

　夫を亡くし、一年半もの間、男を迎え入れていなかっただけに、ほっそりした指の刺激にも拘《かか》わらず、総身が粟立つほど心地よかった。

　滾《たぎ》った蜜壺の中で指がふやけているかもしれない。そう思えるほど、熱いうるみが豊かに湧き出している。

最初は静かに動いていた指が、やがて、チュプチュプと恥ずかしい蜜音を立てるようになった。

「あは……」

眉間に悩ましい皺《しわ》を刻んだ悠香の唇から、絶えず艶《なま》めかしい喘ぎが洩れた。半開きの唇が濡れたように光っている。

悠香は右の指を浮き沈みさせながら、左手に握った手鏡で淫らな秘所を映していた。引き出す指がぬめりにまぶされている。指を動かすたびに蜜が汲み出され、会陰へとしたたっていく。それはすでにシーツに届き、丸いシミを広げていた。

蜜の豊富な悠香を英慈は気に入っていた。秘口に口をつけ、蜜を味わうのが好きだった。生温かい舌で舐《な》め取ったり、ときにはジュッと破廉恥な音をさせて吸い上げたり、存分に蜜を味わっていた。悠香はその途中で絶頂を極めることも多かった。

指の出し入れだけでも心地よいというのに、英慈にされたことを思い出すと、独り身になってしまった以上、二度と口で愛されることはないのだと虚《むな》しさに襲われた。

英慈の唇がほしい。舌の感触もほしい。あの微妙な感触は、他のものでは味わえない。やさしく、心地よく、ときおり、生まれたての子犬にでも舐められているのではないかと錯覚するほどだった。

指も、自分のものと英慈のものではずいぶんとちがう。英慈の指はもっと太く硬かったが、悠香の指より微妙に動き、ゾクゾクする快感を与えてくれた。英慈の指の方が何倍も心地よかった。

英慈にされたことを思うと、どんなに自分で慰めようと、たとえ甘い喘ぎが洩れようと、もの足りなくなってしまう。

悠香は人差し指を出すと、中指を添えて二本にして花壺に沈めていった。

「んんんっ……」

太くなっただけ気持ちがいい。けれど、鏡を眺めると淫らさが増し、何をしているのだろうと、あまりの破廉恥さに汗が噴き出した。かといって、ここでやめ、中途半端な火照《ほて》りのままで眠りにつくことはできない。

ウブだ、純だと英慈に言われていた自分が、こんなにも恥ずかしいことをしていると思うと、これ以上、卑猥な秘部を見ることができず、手鏡をシーツに伏せた。

二本の指の出し入れを再開したが、心地よいものの、なかなか悦楽のときはやってこない。右の指を出した悠香は、今度は左の中指と人差し指を女壺の奥まで沈めた。いつものように利き手の指を使うためだ。右の人差し指を肉のマメを包んだ包皮の上に置き、丸く揉みしだいた。花壺に入れていたその指はふやけ、心なしか白っぽい。

こんな破廉恥な格好で自分を慰めるのは初めてだ。けれど、太いものを花壺に入れられたくてたまらず、生まれて初めて自分の指を女壺に沈め、右の指で肉のマメを包んだ細長い包皮を揉みほぐしている。

英慈が健在だったとき、いかがわしい淫具を使われたことはなく、身近のものを肉茎の代わりに挿入するような破廉恥なことも考えられず、悠香は自分の指を沈めて動かすしかなかった。けれど、それだけではなかなか絶頂が訪れず、最も敏感な女の印をいじりはじめた。直接触れると敏感な器官に痛みが走るので、いつも包皮越しだ。

「んふ……んんんっ」

体温が上昇しはじめ、声を出すまいとしても、鼻から喘ぎが洩れてしまう。

大学生になって覚えた自慰に自己嫌悪を覚えていたが、英慈に奥手だと言われ、書物も見せられ、それがわかってからは嫌悪感は消えたが、人知れず、ひっそりと行うものだけに、ひとりの寝室で指を動かしていても、目に見えない誰かに見られているような気がして落ち着かない。

彼岸の英慈に見せるつもりが、破廉恥すぎる姿を思うといたたまれなくなり、悠香は蜜壺に左指を入れたまま、右手で布団を躰に掛けた。

それから、ただ絶頂を迎えるために、指先から逃げていきそうなぬるぬるの包皮を、今まで以上に強く揉みしだいた。円を描くように丸く動かしては、次に左右に激しく揺らした。

そのときがくるのを延ばすために、わざと指をゆっくりと動かして焦《じ》らすこともあるが、さんざん肉の祠に沈めた指を動かした後ということもあり、今は一時も早く気をやりたかった。

「ああ……はああ」

躰の奥で生まれた火の塊が徐々に大きくなり、躰の表面に向かっている。

悠香は最後をむかえるために、激しく左右に指を揺り動かした。

みるみるうちに巨大化した火の塊が、総身を突き抜けていった。

「んんっ！」

胸を突き上げ、顎《あご》を突き出した悠香は、半開きの唇から短い声を押し出し、法悦を迎えて打ち震えた。

心臓が飛び出しそうだ。悠香は絶頂の余韻の中で、しばらく放心していた。

目を閉じれば、そのまま眠ってしまいそうだ。けれど、蜜で濡れたシーツに置いた臀部が気色悪い。

悠香は気怠《けだる》い半身を起こして布団を剝いだ。そして、腰をずらし、丸いシミを見て、淫らな自分がいつまで性の営みをしないでいられるだろうと、複雑な気持ちになった。

まだ三十四歳。これからの一生を肉の悦びなしで生きていくのは辛《つら》い。知らなければ、それですんだかもしれないが、悦びを知ってしまった以上、いつまで耐えられるか疑問だ。すでに耐えられなくなり、今夜はこうして破廉恥な姿で慰めてしまった。

たくましい肉茎がほしくてならない。剛棒が膣ヒダを押し広げていくときの感覚は、指とはちがう。


指で慰めた後の気怠さを抱えたまま、シャワーを浴びるために立ち上がろうとした悠香は、手鏡で秘所を覗いていたことを思い出した。破廉恥なことをする前と今と、花びらはどう変化しているだろう。

好奇心に駆られ、また手鏡を取った悠香は、太腿を開き、そのあわいを鏡に映した。

花びらがぼってりとしている。肉のマメも火照っているような表情を作っている。二本の指を入れていた秘口は、しどけなくわずかに口を開け、涎《よだれ》をこぼしているように透明液をしたたらせていた。器官を包む肉の堤に載った漆黒の翳りも、汗でじっとりと湿っている。

形よく整っていた女の器官全体がぐにゃりとし、いかにも後ろめたいことをした直後だというように、退廃的な雰囲気を漂わせていた。

息を止め、鏡に映った秘所をまばたきも忘れて見入っていた悠香は、そっと二枚の花びらの尾根を交互に指先で辿《たど》った。

そのとき、ナイトテーブルの電話がけたたましく鳴った。

「ヒッ！」

驚いた悠香は声を上げ、手鏡を落とした。心臓が飛び出しそうなほど高鳴った。

鳴り続ける電話に、悠香は喘ぎながら手を伸ばした。

「はい……」

平静を装ったつもりだが、動悸はなかなか収まらなかった。

「継母《かあ》さん、俺だ」

慎介の声がした。

亡くなった英慈には、先妻との間にできた息子がひとりいる。それが二十八歳になる慎介だ。

企業に勤め、中国の上海に赴任している。まだ独身だ。

「どうしたの……？　びっくりしたわ……」

「もう寝てたのか？　俺にとってはまだ十一時だけど、継母さんにとっては夜中だったかな」

「いいえ、編み物をしてたわ……」

慎介に破廉恥な行為を見られていたはずはないとわかっていても、今までしていたことが恥ずかしく、ショーツを穿《は》いていない剝き出しの下腹部もたよりなかった。そして、もしかして、何もかも見透かされているのかもしれないと思った。すると、ねっとりと汗が滲んだ。

「明日、親父に線香を上げに行っていいかな」

「えっ？」

「休暇を取って帰国したんだ」

「日本なの？　だったら、今夜はどうするの？　ホテルに泊まるの？」

「こんな時間に帰っちゃまずいだろう？　適当にホテルを探す」

「ここはあなたの家じゃないの」

「急じゃ、継母さんが気を使うからな」

「食べるものは簡単にするわ。煮物はあるけど、トーストの方がいいなら、野菜炒めぐらい作るけど」

「ほら、もう気を使ってるじゃないか。腹一杯だ。あとは風呂に入って寝るだけだ」

「だったら、今からいらっしゃい。まだ眠くないから待ってるわ」

受話器を置いた悠香は、慌ててワンピースに着替え、ベッドを整えた。

生まれて初めて自分の指を女壺に入れ、破廉恥な自慰を終えた後だけに、気怠く眠かった。

すでに風呂に入ってネグリジェにも着替えているだけに、もう一度、軽くシャワーを浴びて休むつもりだった。

それが、慎介からの不意の電話ですっかり目が覚めてしまった。

長く使っていない慎介の部屋のベッドのシーツを整え、まだ始末できないでいる英慈のパジャマを用意した。

歯ブラシやタオルも整え、キッチンに入って、冷蔵庫にあるものを確かめた。

慎介は悠香と六歳しか歳が離れていないが、悠香にとっては義理の息子だ。

後妻としてここに嫁いできたとき、慎介は十六歳。高校に入学したばかりだった。

高校の三年間と大学の四年間、合計七年間を英慈と悠香と三人で暮らしたが、大学を卒業して就職した慎介は、すぐに大阪に赴任になり、家を出た。それから、三年後、中国赴任になった。だから、英慈と悠香のふたりきりの生活は、慎介がいなくなってからの四年間だけだった。

年頃の慎介を興奮させないようにと気遣い、寝室での夫婦の行為は慎重だった。声が洩れないように、そして、行為が終わっても浴室に行ったりして気づかれないようにと、三人での生活に支障が起きないように気遣う毎日だった。

慎介は友達が多く、時々外泊した。大学生になると、さらに頻繁に外泊するようになり、夏休みや冬休みなど、ほとんど家にはいなかった。だから、そんな夜は、英慈との性愛は、いつもよりねっとりとしたものになった。

慎介がいる日は声を上げるのを必死に堪《こら》えたり、シーツを噛《か》んだりしていたが、いない日は英慈の愛撫に声を上げた。

慎介を意識して明かりを消した寝室のベッドで、布団を被《かぶ》るようにして行為を行うことが多かったが、いない日は明かりをつけ、布団を剝ぎ、英慈は羞恥に身悶えする悠香を指や口だけでなく、目で犯して楽しんだ。

肉の悦びを覚えてしまうと、悠香は慎介が外泊するのを待ち望むようになった。それなのに、口先だけは思いやりのあるやさしい継母を演じた。

『私の料理がお口に合わないから、料理の上手なお友達のお母様のところでいただいてるんでしょう？　あなたのお母様のようにはいかないわ。お上手だったみたいね』

『私はこないだまで学生だったのよ。五、六年前はあなたと同じ高校生だったわ。お父様といっしょになったといっても、何もかも新米なのよ。それなのに、意地悪して他で泊まるんでしょう？』

そんなことを、わざと拗《す》ねた口調で言ったこともあった。

そう言いながら、今夜も友達の所に泊まってくれるといいけれどと、いつも言葉と裏腹のことを考えていた。

慎介が就職して家を出たときは、淋しい気持ちもあったが、これから英慈とふたりだけの生活なのだと、新婚気分で心が弾んだ……。


慎介は零時前にはやってきた。

「継母さん、こんな時間に悪いな」

一段と男らしくなり、亡くなった英慈にますます似た顔で玄関に立たれると、悠香の心は騒いだ。それを笑顔に変え、平静を装った。

「上海を発《た》つ前に連絡してくれたら、慎介さんの好きな日本酒ぐらい用意しておいたのに」

「急に休みを取ったんだ。今取っておかないと、次はいつ取れるかわからないと思って。世の中、この大不況で先が見えないし、今年もどうなるかわからないからな。コーヒー淹《い》れてくれたのか。いい香りだ」

ダイニングに向かう慎介の後ろ姿も、どこかしら英慈に似ている。

「いつも同じだな」

リビング兼ダイニングに立った慎介が、隅々まで見まわした。

「家具も、小物や観葉植物の置き場所も」

「変えたくないの……」

まだ英慈が帰ってくるような気がしている。戻って来ないのはわかっていても、当時と同じにしておかなければ、思い出さえ消えてしまいそうで不安だ。

「再婚しないのか」

ダイニングテーブルに座ってコーヒーカップを手にした慎介の、唐突な言葉だった。

「まだ三十四じゃないか。継母さんだったら、いくらでもいっしょになりたいという男はいるだろうし」

「一年半しか経ってないのよ……」

再婚など考えていない。まだ英慈との生活が続いている気がする。英慈への思慕が、わずか一年半で断ち切れるはずがない。

「好きな男はいないのか？」

「そんな……」

慎介の質問に唖然《あぜん》とした。

「親父がいなくなったから、言い寄ってくる男は多いんじゃないか？」

「そんなことはないわ……」

再婚したいと、はっきりと口に出した男はいない。けれど、悠香への思いを抱いているとわかる男は何人かいる。ただ、悠香は気づいていないふりをしてきた。

しかし、肉の渇きを覚えるようになり、ときどき、自分に思いを寄せる男の中の誰にならば肌を許せるだろうと考えることがあった。だが、英慈以外の男との行為を想像しただけで、首を振った。

いくら抱かれたくても、相手は誰でもというわけにはいかない。いちばん大切なのは性格だ。英慈は紳士だった。人前ではとびきりの紳士でいながら、ベッドではやさしく淫猥だった。

紳士でいながら、ベッドでは恥ずかしいことをしてくれるやさしい男……。

そんな男が他にいるとは思えず、つき合った後で落胆するより、最初から男女の距離を縮めないのが賢明だと思った。

「継母さんの将来のことだ。好きな男はいないのか？」

「まだ他の人のことなんか考えられないの。もう言わないで。お食事は？　お風呂にもすぐに入れるわよ」

声まで英慈に似てきた慎介に戸惑いながら、悠香は話題を変えた。

風呂から上がってきた慎介は、英慈のパジャマを着てリビングにやってきた。

「ちょうどいいわね……」

いつも英慈より慎介の方が細身だと思っていたが、英慈のパジャマは慎介のために作られたのではないかと思えるほどぴったりだ。

「親父のパジャマを抱いて寝てるんじゃないだろうな」

「そんな……」

慎介の言葉に、悠香は、また戸惑った。

亡くなってしばらく、英慈の着ていたパジャマを洗濯できなかった。英慈の匂いとぬくもりを消したくなかった。そして、そのパジャマを抱いて眠りについていた日々があった……。

「お食事しなくていいのなら、疲れているでしょうから休んでね。慎介さんの部屋はそのままだから」

悠香は朗らかに言った。

「俺が片づけないと、いつまでも今のままじゃまずいよな」

「そのままでいいのよ。いつ帰って来ても、すぐにベッドの用意はできるわ。いつか慎介さんが結婚して、もしかしたらここに住むようになるかもしれないんだし」

「そのときは、小うるさい姑になるのかな」

慎介が笑った。

「いいえ、私は他で暮らすわ……ここは広すぎるし、思い出はいっぱい詰まってるけど、英慈さんと亡くなったお母様の子供は慎介さんひとりなんだから、ここを継ぐのは慎介さんだわ」

悠香は最近、そう考えるようになった。いつまでもここにいたいと思うものの、それは我《わ》が儘《まま》ではないかと思ったりもする。

「俺は他の女とは結婚しない。だから、継母さんはずっとここで暮らすんだ」

穏やかだった慎介の顔が、恐ろしいほど真顔になった。

「結婚しないなんて……他の女とはって……誰かいるの……？」

「俺はずっと継母さんが好きだった。継母さん以外の女になんか興味はないんだ！」

慎介の告白に、悠香は耳を疑った。半開きになった唇から、すぐには言葉が出てこない。

何か言おうとしても、唇がかすかに動くだけだ。

「継母さんに会いたくなって、我慢できなくなって戻ってきたんだ。他の男がいるんじゃないか、他の男に盗られるんじゃないかと思って、気が狂いそうだった」

喘ぐ慎介に、悠香も息苦しくなった。

「継母さんと親父の結婚を許したのは、一目見て継母さんが好きになったからだ。だけど、俺は後悔した。家にいるのが辛かった。夜が辛くて仕方なかった。だから、頻繁に外泊してたんだ」

ショックだった。慎介の気持ちも知らず、外泊すると言われると嬉しかった。英慈とのふたりの時間にワクワクした。慎介がいないことでのびのびした気持ちになり、英慈との愛欲に浸った……。

「大阪赴任も海外赴任も、俺から願い出た。継母さんの近くにいるのが辛かった。だから……」

慎介のまっすぐな目に見つめられ、悠香は身動きできなかった。

六つしか歳は離れていないものの、夫の子である限り、慎介は息子と思っていた。十二年間、そういう目で見てきたし、時には友達のような気がすることもあった。その慎介が、最初から悠香を女として見ていたと言っている。

「外泊すると言って留守を装って、よく、こっそり覗いた。何度もな」

悠香は喉を鳴らした。

「そんな嘘……言わないで」

「俺がいるときは寝室の明かりを消して、もの音を立てないように注意深くやってたくせに、外泊すると言った夜は、親父も大胆に明かりを点《つ》けた。継母さんも遠慮なく声を上げていた。そうだろう？」

「いやっ！　やめて！」

悠香は耳を塞《ふさ》いだ。そこまで聞けば、空想とは思えない。

「こんなことを言うつもりはなかった。だけど、親父がこんなに早く亡くなって、継母さんはまだひとりなんだ。だけど、いつ他の男ができるかわからない。男がほっとくはずがないからな」

いつも穏やかだった慎介が荒い息を吐き、血走った目を向けている。

真夜中のふたりきりの無防備すぎる状況に、悠香は慎介に初めて恐怖を感じてたじろいだ。

「遠くに行けば行くほど、継母さんのことを考える時間が長くなった。上海まで行ったのに、親父が亡くなってからは、継母さんが他の男に抱かれてる妄想が浮かんでおかしくなりそうだった。なあ、俺のことが嫌いか？　嫌いなら、こうして家に入れやしないよな？」

今までの慎介ではなかった。

「好きとか嫌いとか言われても……だって、家に入れたのは息子だからよ……英慈さんの息子は私の息子……だから」

悠香は何度も唾を呑み込みながら言った。

「たった六つ年上の継母さんを母親と思えるはずがないだろう？　好きだから親父といっしょになることを許したんだ。再婚を反対したら、いつか継母さんは他の男と結婚する。そんなことを許せるはずがないだろう？　親父が亡くなって一年半経った。一年じゃなく、一年半も待ったんだ。気が遠くなるほど長かった」

悠香は後じさった。

「俺は継母さんを抱く」

慎介は息子ではなく、オスの目をしていた。

「だめ……」

また悠香は後じさった。

「継母さんだって、親父とあんなにいやらしいことをしてたんだ。一年半もセックスなしで平気なはずがないんだ。男としていないなら、自分でしてたんだろう？」

「いやあ！」

セックスという生々しい言葉や自慰を匂わす恥ずかしすぎる言葉を出されたとき、悠香は悲鳴に近い声を上げた。そして、慎介の口から次の言葉が出る前に、リビングを飛び出し、寝室に向かった。中から鍵を掛けるつもりだった。

廊下を駆け、寝室のドアノブを握ってまわすと、思い切りドアを押した。そのとき、背後からグイと腕をつかまれた。

「ヒッ！」

心臓が止まりそうになった。

腕をつかまれたまま慎介に押され、悠香はうつぶせの姿でベッドに押し倒された。

「そうだ！　このベッドで継母さんと親父は、俺が死ぬほど苦しんでるのも知らずに、あんなことをしてたんだ！　俺も同じことをしたくてたまらなかった。それなのに、継母さんを頭に浮かべてマスターベーションするしかなかったんだ！」

生々し過ぎる言葉だった。

悠香の心臓は破れる寸前のように激しく打ち叩かれていた。必死で躰を回転させ、起き上がろうとした。だが、仰向《あおむ》けにはなれたものの、半身を起こそうとする悠香を、慎介が阻《はば》んだ。

「いい人はいくらでもいるはずよ……会社には優秀な女性もたくさん」

「言うな！」

慎介が次の言葉を遮った。

「さんざん寝たさ。いろんな女と。だけど、女を知れば知るほど、継母さん以上の女はいないとわかって虚しかった。他の女なんか」

慎介は鼻先で笑った。

「俺にとって女は継母さんだけだ」

「だめっ！　あう！」

唇を塞がれ、悠香は必死で首を振りたくった。だが、唇は離れなかった。逃げられまいとするように、慎介は唇を強く押しつけてくる。けれど、舌を入れることなどできるはずもなく、やがて諦《あきら》めて顔を離した。

ふたりとも汗を滲ませ、荒い息を吐いていた。

悠香は強引に慎介の力でねじ伏せられると思っていた。しかし、予想とは裏腹に、慎介は今までの横暴さを瞬時に消した。

「十二年以上だぞ……十二年以上、継母さんのことを思ってきたのに、俺はそんなに嫌われてたのか……そんなにおぞましいだけの男だったのか……」

吹き荒れていた嵐が、突然やんだようだった。

慎介の表情も声も苦渋に満ちていた。

「十六の時から……継母さんと暮らしはじめたときから……俺には他の女なんか意味のない存在になったんだ……他の女を愛そうとしてみても、魂のない人形を相手にしてるようで喜びなんかちっともなかった。他の女を抱くほど、継母さんへの思いが強くなった。それなのに……」

いつも朗らかだった慎介の、今の姿は痛ましかった。

恐怖から憐憫《れんびん》へと悠香の気持ちは変わっていった。

「嫌いじゃないわ……嫌いなわけがないでしょう……でも、慎介さんは息子なの……だから」

「俺と継母さんは他人だ。俺には亡くなった親父とお袋の血が半分ずつ入ってるだけだ。継母さんの血は一滴も入ってやしない」

「でも……だめなの……わかるでしょう？」

「わかるはずがないだろう。いま言ったばかりだ。俺と継母さんは他人だ」

さほど歳が離れていなくても、母親と認めてくれていると思っていた。それが否定され、どうしていいかわからなかった。

「見たい……全部見たい。見せろよ」

慎介の言葉に悠香は目を見開き、大きくかぶりを振った。

「見せてくれないなら強引に抱く。どっちがいい？」

悠香は慎介に憐憫を感じ、やさしい言葉で言い含めようとしたが、納得するどころか、またも強硬な言葉が返ってきた。

「どっちも……だめ……おとなしく休んで……お線香を上げに来たんでしょう？」

「ああ。継母さんは俺がもらう、俺が引き受けると言うためにな」

今夜の慎介は、これまでの慎介とはちがう。息子ではなく、オスになっている。

「脱げよ。どうせ風呂に入るんだろう？」

「もう入ったわ……だからいいの」

悠香の声は掠れた。

「ネグリジェを着ていたのに、俺が来るとわかって、また着替えたのか。本当の息子だったら、寝間着のままのはずだよな。継母さんだって、俺を他人と思ってるんじゃないか」

ハッとした。確かに、実の息子なら、わざわざ着替えたりしないだろう。息子ではなく、他人を意識していた……。

「抱かれたくてたまらないんだろう？　本当に誰ともしてないのか」

慎介は、心の奥を窺《うかが》うような目を向けた。

「お願いだから部屋に戻って……」

「男と寝たのか」

悠香は胸を喘がせながら、首を横に振った。

「だったら、自分でしてるってことか。大人のオモチャも使ってるんじゃないのか？　親父とあれだけ楽しんでたんだ。一年半も何もしないで過ごせるはずがないよな」

当たっているだけに動揺した。

大人の玩具《おもちゃ》など使われたこともなく、触れたこともない。けれど、今夜も肉の渇きに耐えきれず、自分の指で破廉恥なことをした。しかも、太いものがほしくてたまらず、生まれて初めて女壺に指を入れた。そうやって、もう一方の手で肉のマメを揉みしだいて果てた。法悦を迎えた後、女の器官がどう変化しているか興味を持ち、手鏡で秘部を映して眺めた。そんなとき、慎介から電話がかかってきた……。

そのときの破廉恥な姿を思い出し、悠香は目を伏せた。

「図星か。どうやってするんだ。そのきれいな指でアソコをいじるなんて、想像しただけでおかしくなりそうだ。しろよ。自分でするところを見せてくれたら何もしない」

そんな恥ずかしい行為を人前で見せられるはずがない。こっそりしていると知られるだけでも消え入りたいほどだ。

「休んでちょうだい……お願いだから、おとなしく部屋に戻って」

「いやだ！」

慎介は即座に突っ撥《ぱ》ねた。

「こんなになってるんだ。おとなしく眠れると思うか？」

握られた手首を、パジャマ越しに鉄のように硬く変化した肉茎に押しつけられた瞬間、悠香は、ヒッ、と悲鳴を上げた。

「継母さんを思って、何百回どころか何千回もこうなったのに、俺は今まで自分で始末するしかなかった。どんなに惨めだったかわかるか」

慎介の息は恐ろしいほど荒々しかった。

「自分でするところを見せてくれないなら、こいつをぶち込むだけだ」

いきり立った剛棒に悠香の手を強引に押しつけていた慎介は、その手を離すと、ワンピースを捲り上げた。

「だめっ！」

太腿を風に嬲《なぶ》られた悠香は、慌てて裾を下ろそうとした。だが、慎介の手が阻んだ。

「今夜はピンクか。継母さんらしい。淡い色が多かった。だけど、俺が就職してこの家を出てからは、赤や黒も穿いたよな？　いろんな色のショーツが干してあった」

いつ見られたのだろう。悠香は言葉がなかった。

「薄いピンクは継母さんにぴったりだ。今夜は俺と継母さんの初夜だ」

「だめ！　絶対にだめ！」

逃げようとしたが、慎介の力は強かった。

「ショーツに黒いのが映ってる。継母さんのオケケは思ってたより濃いのかもしれないな」

「いやあ！」

悠香はショーツを手で隠そうとした。だが、慎介は力ずくでグイッと引き下げた。

漆黒の翳りが露わになった。

「だめっ！」

息子と思っていた慎介とこんなことになるとは思ったこともなく、悠香はパニックになった。

「脚を開けよ。親父のものをぶち込まれて気持ちよさそうにしてたじゃないか。何度も覗いたからわかってるんだ」

慎介はパジャマのズボンを脱いだ。その一瞬の隙を突いて、悠香はくるりとうつぶせになった。

「尻だけ剥き出しってのはセクシーだ。そそられる」

ワンピースは捲れ上がり、ずり下ろされたショーツは半端に膝のあたりで止まっている。

最悪のことから逃れようと女園を隠したつもりだったが、慎介の言葉によって、いかに恥ずかしい姿を晒《さら》しているかわかり、意識は丸出しの臀部に集中した。だが、固まってしまい、動けない。

不意に背後でショーツをつかまれ、足首までずり下ろされ、あっと言う間に踝から抜かれていた。

「継母さんの匂いだ」

「いやっ！」

うつぶせたまま肩越しに振り返った悠香は、慎介が裏返ったショーツに鼻をつけているのを見て、羞恥に汗を噴きこぼした。

「継母さんがうちに来たときから夜中に洗濯機を掻《か》きまわしては、隠すようにしてあるショーツを抜き取って、部屋でこっそりマスターベーションしてたんだ。この匂いだ。でも、風呂上がりに穿き替えたんだろう？　あのころは、もっと濃い匂いだった」

「やめて！」

慎介を信じていただけに、そんなことをしていたとは想像したこともなかった。

結婚したころは、洗濯する直前に汚れ物を部屋から運んでいた。それが、いつしか風呂上がりにタオルにくるんで洗濯機に入れるようになった。隠していたつもりだったが無防備すぎた。触れられているのに気づかなかった。

「こいつを見ろよ」

腹に当たりそうなほど反り返っている肉茎が、透明液をしたたらせながらひくついていた。

パジャマを下げ、女壺を貫く体勢になっている剛棒を、これ見よがしに右手でつかんで見せた慎介に、悠香の心臓は飛び出しそうになった。たとえ拒んでも、慎介より力の弱い悠香は組み敷かれてしまうだろう。

六つしか歳が離れていなくても、息子は息子だった。英慈と結婚したときから、悠香はそう思っていた。いくら英慈が亡くなったからといえ、義理の息子とひとつになることはできない。ずっと好きだったと言われても、息子を男として見ることはできない。

それ以前に、まだ英慈に未練がある。二度と睦《むつ》み合うことができないとわかっていても、英慈への未練が断ち切られていないまま、他の男に抱かれることはできない。

英慈に愛されすぎた。愛されすぎて肉の渇きを覚えている。おとなしく眠りにつくことができず、毎日のように自分の指で恥ずかしいことをしている。そして、今夜は特別破廉恥なことをした。

肉のヒダが太いものを欲しがっている。肉茎を挿入されて出し入れされた快感が忘れられない。英慈は二十歳も年上だっただけに、激しい行為はなかった。けれど、丁寧な前戯を施され、それだけで何度も絶頂を迎えた。最後に英慈の太いものが押し入ってくると、敏感になっている総身がさらに過敏に反応し、ゆっくりと抜き差しされるだけで粟立つほど心地よく、声を上げずにはいられなかった。

太いものが欲しい。太いもので貫かれたい……。

自分の指だけでは満足できず、そう思うようになっていた。だが、慎介のいきり立った肉茎を見ても、欲しいと思うどころか蜜は渇き、ひとつになるのを拒んでいる。

「もう限界だ。継母さんがここに来てから、毎日がどんなに長かったか。さっさと一日が過ぎてほしかった。それなのに、夜は昼より何倍も長くて、俺は自分で何度も精液を吐き出した。自分で処理するしかない毎日がどんなに虚しかったか、継母さんにはわからないだろう？　だけど、一生続くと思っていた辛さが、今日、やっと終わる。継母さんもこいつが欲しかったはずだ」

慎介はつかんでいる剛直をグイと動かした。

「欲しくなんかないわ。絶対にだめ！」

無駄とわかっていながら、うつぶせの悠香は肩越しに慎介を見つめて拒絶した。

「口で何と言おうと継母さんは濡れる。こいつが欲しくて、もう洩らしたように濡れてるはずだ。すぐにぶち込まないとおかしくなりそうだ。だけど、乾いてるなら入れやしない。うんと濡れてから入れてやるさ」

慎介は悠香の腰を高々と掬《すく》い上げた。

「あう！」

唐突に背後から腰を掬い上げられるとは思っていなかっただけに、悠香は思わず大きな声を上げた。

尻だけ高くなった恥ずかしい格好に、腰を落とそうともがいた。だが、膝の間に割って入った慎介は想像以上に力があり、腰はがっしりとつかまれたまま落ちようとしない。

自由になる両手を躍起になって動かし、悠香は何とか肘《ひじ》を立てて上半身を支えた。

「そうか、継母さんはワンちゃんスタイルが好きか。こんな格好で親父としていたこともあったな。こうやって後ろからぶち込まれたいのか」

昂《たか》ぶった慎介の言葉に、悠香は逃れようとして躍起に動いたにも拘わらず、かえって破廉恥な姿を晒すことになったと気づいて、一気に体温を上昇させた。

「見ないで……」

背後の視線に犯されているようでじっとしていることができず、悠香は腰をくねらせた。

「やっぱり腰の動かし方がうまいな」

慎介の言葉に、とうとう悠香は動けなくなった。

「興奮してるくせに、どうして濡れないんだ……」

真後ろから肉マンジュウのワレメを覗いた慎介のトーンが、不意に落ちた。

「だから……やめて」

また悠香は肩越しに振り返り、泣きそうな顔を慎介に向けた。

「そんな色っぽい顔を向けていながら、やめてだと？　早くしてと言いたいんじゃないのか？　誘ってる目じゃないか」

また慎介の息が荒くなった。そして、掬い上げている尻に顔を埋め、女の器官をべっとりと舐め上げた。

「あう！」

生温かい舌がもっとも敏感な器官を過ぎるとき、悠香は顎を突き上げて硬直した。たった一度の舌戯だけで屈辱が駆け抜けた。上半身を支えている腕がぶるぶると震えた。けれど、同時に快感も走り抜けていた。愛してもいない義理の息子との交わりを拒んで蜜液は乾ききっていたはずが、ぬめった蜜が湧き出したような感触に、悠香は動揺した。

慎介の舌が、ふたたび肉の合わせ目に沿って滑っていった。

「あう！　いやっ！　くううっ！」

悠香はもがいた。

ワレメに入り込んだ舌は、そこにとどまってデリケートな女の器官を捏《こ》ねまわした。

仰向けで口戯を施されるより、後ろから舐めまわされる方が何倍も感じる。悠香は声を上げ、尻を振り、慎介の口戯から逃れようと躍起になった。けれど、必死になるほど、両腕で上半身を支え続けることができなくなり、腕を折った。

最初のように、頭をシーツに着け、尻だけ高々と抱え上げられた格好になった。

「くっ！」

慎介の尖《とが》った舌が秘口に入り込んだとき、悠香の総身が硬直した。

英慈にも何度も口戯を施されたが、背後から掬い上げられ、尻だけ掲げた破廉恥な姿のまま女壺に舌を押し込まれた記憶はない。ワンピースを捲り上げられ、こんなことをされているのも屈辱だ。

「やめてっ！　んっ！　あう！」

シーツに右頬をつけている悠香はふたたび腕を立てて逃げようとした。だが、どんなにもがいても今度は肘を立てることはできなかった。

生温かい舌が花壺の入口を出たり入ったりするだけで子宮が疼くような感覚になり、指先や髪のつけ根にまで広がっていく。

「くっ……あう」

始まったばかりの舌戯とはいえ、あまりに妖しい刺激に拒絶しようとしていた気持ちが失《う》せ、喘ぐことしかできなくなった。

秘口付近で出し入れされていた舌が花壺から抜け出した。

「もうぬるぬるじゃないか。そんなに感じるか。えっ？　継母さん、答えろよ。舐めまわされると欲しくなるんだろう？　欲しいと言えよ」

「だめ……もうやめて」

欲しいと言えるはずもなく、我に返った悠香は喘ぎながら拒絶した。

「継母さんは嘘つきだ。こんなに濡れていながらやめてだと？　もっと他のところがいいのか」

「ヒッ！」

慎介の舌先が後ろのすぼまりを捏ねまわしたとき、悠香の尻は激しく反応してクイッと跳ねた。

「い、いやっ！　くううっ……」

屈辱しかなかった。けれど、排泄器官というのに感じすぎ、皮膚がそそけだち、髪のつけ根が冷たくなるような、それでいて子宮から溶けていくような、自分を失いそうな感覚に襲われた。

恥ずかしい後ろの器官の中心を執拗《しつよう》に捏ねられ、つつかれていると、総身の力が抜けていった。

「いや……くっ……しないで……そこは……ああ……いや」

死ぬほど恥ずかしい。けれど、抗いをなくし、蜜を噴きこぼしながら喘ぐしかなかった。

うつぶせになっているので慎介の顔を見なくてすむのが、せめてもの救いだ。

けれど、いきなり舌の動きが止まり、一気にひっくり返され、太腿を押し上げられた。後ろから女の器官や排泄器官を舐めまわされるのも恥ずかしかったが、こうして仰向けにされて女園を露わにされると、いっそう羞恥がつのり、悠香は太腿を閉じようともがいた。だが、浮いた脚は空を掻くだけだ。

かすかに開いた口元から荒い息をこぼす慎介の目は血走っている。

「後ろを舐めたのに、どうして前が濡れるんだ。洩らしたようにびっしょりだ」

慎介の笑いが強張った。

「今まで見た女の中で、やっぱり最高だ。最高どころか、まったく別物だ。そんな顔をされると色っぽすぎておかしくなる。上品でいながら、後ろを舐められて感じるなんて、継母さんは本当は淫らなだけの女なんだ。前も後ろも親父に舐めまわされてたんだろう？」

「言わないで……」

押し上げられ、大きく割られた両脚を閉じようとしても、慎介の力の方が強い。それでも、じっとしていることができず、次は腰をくねらせ、わずかでもずり上がるしかなかった。

慎介は悠香の顔と剝き出しの秘園を交互に見つめた。

視線に嬲られている……。

悠香はいたたまれず、湿った息を口と鼻からこぼしながら、イヤイヤと首を振った。

「思っていたよりちょっと濃いオケケだ。継母さんのオケケはもっと薄いと思ってた。何度もベランダから親父とのセックスを覗いたけど、ここははっきり見えなかったからな。こんなふうになってるとは思わなかった」

慎介は故意に悠香を恥ずかしがらせようとしている。

「花びらは想像してたとおりだ。これが本当の花びらだ。透きとおるようなピンク色で可愛くて……こんな花びらは初めてだ。まるで、まだ男を知らないようじゃないか。美しすぎる。継母さんがこの花びらを自分の指でいじっていると思うと……それを想像するだけでムスコが爆発しそうだ」

いっそう荒い息が慎介の鼻からこぼれた。

悠香の胸が、乱れきったワンピース越しに波打った。

「継母さんを押し倒したらすぐにぶち込もうと思っていたのに、今夜の俺は忍耐強い。自分でも感心してる。ぶち込むとすぐに気をやってしまいそうで惜しいんだ。やっと継母さんとひとつになれるんだ。焦ることはない。じっくり見ないと惜しいよな。他の女とちがうんだ。入れてザーメンをこぼせばいいだけの相手とはちがうんだ。うんと観賞して、どこもかしこも目に焼きつけて、それからでも遅くないからな。朝までたっぷり時間がある。いや、朝になろうと昼になろうと、焦ることはないんだ。時間なんか気にしなくていいんだ」

「だめ……」

何を言おうと無駄だとわかっている。それでも悠香は掠れた声を出した。

「どうして、してと言わないんだ。継母さんが自分の指でするのを見せてくれるなら考え直してもいい。自分で気をやればな」

「いや！」

即座に拒絶した悠香は、肩先と腰をくねらせ、ずり上がろうとした。だが、すでに頭を持っていくスペースはなかった。

「いやなら、また継母さんの美味《うま》いジュースをいただくさ」

慎介の頭が、漆黒の翳りを載せた肉マンジュウのあわいに沈んだ。

夫を亡くし、自分の指で肉の疼きを癒した一年半の間、何度も口戯の感触を思い出し、英慈の舌に勝るものはないと思った。二度と口で愛《め》でられることはないのだろうかと、指で慰めながら侘びしさを感じることがあった。それが、こんな形で慎介に愛撫されるとは思っていなかった。

だめだめだめ……やめて……しないで……。

そう叫びたい気持ちはあるが、久しぶりの舌戯で躰が敏感になっている。恐ろしいほどの快感が駆け抜けていく。

「あう！　んんっ！　くっ！」

慎介の舌が女の器官を過《よ》ぎっていくたびに総身が硬直し、大きな声が洩れた。否応なく昂まっていく。

本当に慎介を拒んでいるのだろうか……。

そんな思いが、ふっと脳裏を掠めたりする。いくら英慈が亡くなったからといえ、義理の息子と結ばれるわけにはいかない。息子は息子。男であって男ではない。それなのに、躰が反応している。

ベチャッ、ベチョッ、ペチョッ……。

破廉恥な舐め音が耳に届いた。よけいなことを考える余裕もなくなり、ひたすら絶頂へと近づいていく。呼吸の感覚が短くなってきた。

もうすぐ……。

そう思ったとき、慎介が顔を上げた。

「継母さん、やけに気持ちよさそうじゃないか。もうすぐいくんだろう？　いくならムスコを咥《くわ》えていけよ。いくら我慢強いと言っても、もう限界だ。舐めまわしているとき継母さんがいけば、俺もいっしょに気をやりそうだ。入れないまま出すなんてまっぴらだ」

慎介はカウパー氏腺液をしたたらせてひくついている剛棒を握ると、ぬめった秘口に押しつけた。

「だめ……」

やはり悠香の唇からは拒絶の言葉しか出なかった。しかし、か弱く、虚しい響きでしかなかった。

「後ろも前もたっぷりと舐めてやったんだぞ。いい声を上げていたくせに、まだだめだと？　もっと舐めてくれということか。だけど、もうクンニはおしまいだ」

硬い肉茎が花壺に沈んでいった。

「ああう」

肉のヒダを押し広げて奥まで進んでいく剛直に、悠香は眉間に皺を寄せ、口を開けて顎を突き出した。

太い男のものが入り込むときの感覚を思い出した。指を入れたとき、それだけで花壺は窮屈な気がしたが、指と肉茎の感触はちがう。英慈のものよりいくらか太い慎介の剛棒は、悠香の肉の器を一杯に押し広げながら、奥まで辿り着いて止まった。

とうとうひとつになってしまった……。

悠香は呆然《ぼうぜん》とした。

「やっぱり凄《すご》い……思ったとおりの名器だ。締まりといい、柔らかさといい、この温かさといい、男を酔わせる名器だ……」

慎介が震えるような声で言った。

「動かすといきそうだ。気持ちよすぎる」

肉茎を女壺の底まで沈めたまま、慎介はパジャマ越しに胸を喘がせた。

合意の上で始まった行為ではない。悠香はワンピースを捲り上げられ、下腹部だけ剝き出しになった破廉恥な格好だ。慎介も下半身だけ何もつけていなかった。

義理の息子との営みはタブーだと思っていても、肉茎が入り込むとき、妖しい心地よさを感じた。一年半ぶりの男の侵入だ。肉の快感と心の痛みが複雑に絡み合っている。悠香は泣きそうな顔をしたまま慎介を見つめていた。

「そんな顔をするなよ。うんと濡れてたし、いい声を上げてたじゃないか。本番より舐めまわされる方がいいのか。ムスコが入るのは久しぶりだろう？　それともやっぱり他の男と」

悠香は慌てて首を振った。

「じゃあ、大人のオモチャでも入れて遊んでいたのか」

このときを十二年も待ったというだけに、やっと悠香とひとつになれた慎介の興奮が伝わってくる。悠香に質問しているというより、事を成し遂げた昂ぶりの後の沈黙に耐えきれず、言葉を出している。何か言っていないと落ち着かないのだ。悠香を強引に抱いた後ろめたさもあり、正当化しようとしているのかもしれない。そのために悠香が困惑するようなことばかり口に出している。

「継母さんは親父に抱かれているときも悩ましい顔をしてたな。当たり前だろうって言いたいか。だけど、女は抱かれているとき、どうして笑わないで、そんな辛そうな顔をするんだろうな。にっこりされるより、そんな顔をされた方がそそられる。女は、男がどうすれば興奮するか知ってるんだ。教えられなくても生まれながらにな。そうだろう？」

自分の言葉にいっそう煽《あお》られたのか、慎介はオスの目をして悠香を見据えると、じっとしていた腰をグイと引き、勢いよく押し込んだ。

「あう！」

激しく貫かれ、悠香は内臓まで突き破られるような衝撃に大きな声を上げた。

「ああ、いい。継母さんを突いて突いて突きまくってメチャメチャにしたくなる」

慎介は鼻から荒々しい息を噴きこぼすと、激しい抽送を開始した。

「あうっ！　くっ！　んんっ！」

久々の行為というだけでなく、結婚したとき四十路を過ぎていた英慈《えぐ》との営みでは、これほど激しい動きはなかっただけに、肉茎が引かれるときは内臓ごと抉り出されるような感覚になり、押し込まれるときは背中まで突き抜けるような気がした。最初に肉茎が沈んでいったときの、肉のヒダをやんわりと広げていく心地よさは微塵《みじん》もなく、痛みが走った。

「い、いやっ！　やさしくして！」

眉間に深い皺を刻み、悠香は哀願した。

英慈を亡くして独り身になってから一年半。久々の営みだからというより、まだ二十代の慎介の抜き差しの激しさに、悠香の躰は粉々になりそうで、秘口のあたりがひりついた。

「あう！　やさしくして！」

ふたたび悠香は端正な顔を歪《ゆが》めて叫んだ。

「やさしくか」

動きを止めた慎介が頬をゆるめた。

「激しいよりやさしくされる方がいいのか。親父とはそう激しくなかったようだな。五十過ぎて今のようにできるはずがないし、物足りなかったんじゃないかと思ってたが、そうか、ゆっくりやさしくが好みか。継母さんにやさしくしてと頼まれれば、そうしてやるさ。いやじゃないとわかってホッとした」

慎介は勝手なことを言った。

強引に抱いていながら、今の状態を正当化しようとしている。悠香は痛みに耐えきれずに叫んだだけだ。

「ゆっくり動かしてもいきそうだ。継母さんのここはよすぎる。締まりがいいのに柔らかくて、じっとしていてもペニスがムズムズする。子供を産んでないしな。継母さんが親父の子供を産んでたら、今ごろ小学生の兄弟がいたわけだ。俺はいつもハラハラしてた。弟か妹ができるってことは、継母さんの血が半分流れてる奴ってことだ。そんな奴ができてたまるかってな」

慎介はゆっくりと腰を沈めた。

「あう……」

声を出すまいとしても、悠香の唇から短い声が洩れた。

女壺の奥まで肉茎が沈むと、慎介はもっと深く結合したいというように腰を擦《す》りつけ、揺すり上げた。

「あっ……んん……」

唇のあわいから白い歯がちらりと覗き、悠香の艶っぽい顔は、いっそう妖艶な表情になった。

「いきそうだ……継母さん、妊娠したら俺の子を産めよ」

慎介の言葉に悠香はカッと汗ばんだ。絶対に認められない。悠香は事の重大さに慌て、慎介から逃れようと全身の力を振り絞って腰を動かそうとした。

「いやか。逃げるつもりか」

半身を倒し、悠香の両腕を押さえつけた慎介は、顔がくっつきそうな距離から悠香を見つめた。

「もう許して……」

「やさしくしてと言ったじゃないか。してとな。確かにそう言ったよな？」

慎介は勝ち誇った顔をしていた。

悠香は苦しいほどの息をこぼしながら、イヤイヤと首を振った。総身がねっとりと汗ばみ、乱れた髪がこめかみにへばりついて、悠香の妖しい色香をさらに際立たせた。

「煽ってるのか。継母さんのそんな顔を見ると獣になる。継母さんを犯して食ってしまいたくなる」

慎介の唇が歪んだ。

ほんのひととき、ゆっくりと抜き差しした慎介だが、悠香が本気で逃げようとする動きを見せると昂ぶりを隠せないようで、胸を大きく波打たせた。

「継母さんは俺の子以外を孕《はら》んじゃいけないんだ」

上擦った声でそう言った慎介は、さっきのように激しい出し入れを再開した。

ズンと内臓を突き破るような勢いで肉杭は押し込まれ、女壺の底に届くと、結合が外れるほど秘口の入口近くまで引き抜かれ、また子宮が粉々になるような激しさで一気に深々と沈んでいった。

「ヒッ！　あうっ！　くっ！」

花壺の底に強烈な衝撃が走るたびに、悠香は悲鳴を上げた。だが、激しい抽送は長くは続かなかった。

「うっ！」

慎介の口から昇りつめたとわかる声が洩れると同時に、荒々しい動きはぴたりと止《や》んだ。白濁液が花壺に放たれたとわかり、悠香は激しい行為が終わったことにホッとするより、妊娠の危惧に困惑した。

ひとときの硬直が解けると、慎介は大きな息を吐いた。そして、ティッシュボックスからティッシュを引き抜き、結合部に当て、ゆっくりと結合を解《と》いた。

「ワンピースが台無しだな。クリーニングに出してもダメなら、もっといい服をプレゼントしてやる。素っ裸でするよりそそられる。どうしてだろうな」

慎介は肉茎の粘液を拭き取ると、新たにティッシュを何枚か引き抜き、悠香の秘部に当てた。

悠香は眉間に皺を寄せたまま、腰をかすかに動かした。

「終わった後の花びらはどうなってる？　見せろよ」

「だめ！」

我に返った悠香は慌てて脚を閉じようとした。だが、慎介が太腿のあわいに入っていては狭めることができない。それでも、秘園を見せまいと、両手で肉のマンジュウを隠した。

「退《ど》けろ」

「いや……」

「いやと言われると、ますます見たくなる。継母さんに初めて俺のムスコを咥えてもらったんだ。どんなになってるか見たい。当たり前だろう？」

「だめ」

「可愛いピンク色の花びらが、毒々しい色になってふくらんでるかもな。それもいい」

慎介は悠香の両手首を握ると、下腹部から強引に離し、シーツに押しつけた。

「いやっ！」

悠香は肩先と腰をくねらせた。

「ちゃんと見てやる」

「だめ！」

「それなら」

慎介は両手を放した。

シーツに押しつけられていた両手を解放された悠香は、慎介が営みの後の秘所を強引に眺めるのは諦めたのだと思った。

けれど、次の瞬間、慎介はシックスナインの体位で悠香の上に乗っていた。

慎介の肉茎を間近にしたとき、悠香は動転した。そして、つい今しがた両手で隠した肉マンジュウの上に慎介の視線があるのがわかり、羞恥に喘いだ。

白濁液を注ぎ込まれたばかりの女壺だ。いくら樹液を噴きこぼした本人が見ているとはいえ、初めての相手にシャワーを浴びていない汚れたままの秘園を見られるのは屈辱だ。

「いや！」

悠香は腰を振りたくった。だが、肉マンジュウをくつろげられ、女の器官をスッと空気に嬲られたとき、悠香は喉を鳴らした。

萎《しお》れた花が水を吸っていくように、目の前の肉茎がみるみるうちに漲《みなぎ》っていくのもわかり、悠香はいっそう動揺した。

白濁液をこぼしたばかりだというのに、すぐに元気を取り戻してしまった慎介は、またひとつになるつもりだろうか。女壺に入り込み、何度も激しく浮き沈みした肉茎だけに、悠香の秘壺の匂いも染みついている。猥褻としか言いようのない妖しい匂いが漂い、悠香の鼻孔を否応なく刺激した。

恥ずかしかった。ただ消え入りたかった。慎介を拒絶しようと思っていながら、そんな匂いで軽蔑され、嫌われるのではないかと焦った。

「激しすぎたか。まるでタラコのように太ってる。色も真っ赤になってる」

「見ないで！」

悠香は慎介の視線を遮ろうと腰を振った。

「拭いたのに、継母さんのアソコから俺のザーメンがこぼれてくる。いい眺めだ。さっきより何倍もいやらしくなってる。生臭い俺の匂いには辟易《へきえき》するが、継母さんとひとつになれた印と思うと大感激だ。俺のムスコはどんな匂いがする？　継母さんのアソコの匂いが染みついてるんじゃないか？」

言われたくない破廉恥なことを口にされ、悠香は羞恥に汗ばんだ。

慎介は指でくつろげた秘園に見入っている。見えない視線が秘所を舐めまわしているようで、悠香は両手で慎介の腰を押し退《の》けようとした。

「継母さんの口できれいにしてもらえたら感激だ。無理か？　そうだな、俺も自分のザーメンの匂いのするココを舐めるより、きれいなココを舐めまわしたい。シックスナインしたいが、その前に風呂に入るか。ペニスもヴァギナの中もきれいに洗い流して、お互いに擦り切れるほど舐めまわそうじゃないか」

慎介は半身を起こして悠香から離れた。

「さあ、継母さん、時間はたっぷりある」

慎介は、悠香の手首をつかんで引っ張り起こした。


下腹部だけ剝き出しにされて抱かれた後だけに、捲り上げられていた悠香のワンピースには酷《ひど》い皺が寄っていた。

「さっき、もっといい服を買ってやると言ったけど、継母さんには着物の方が似合う。親父の葬式のときの喪服姿が忘れられない。女は喪服のときがいちばん色っぽいと言うけど、本当だった」

慎介は歪んだ笑みを浮かべ、困惑している悠香を見つめた。

「あのとき、まだ五十三で突然亡くなった親父に対しては、哀しいというより、その死が実感できなかった。それより、継母さんの哀しそうな顔と喪服が強烈すぎて、あのとき、誰が親父のことより継母さんの美しさに心を奪われてるんじゃないかと思った」

葬儀の最中、慎介がそんなことを思っていたとは、悠香は想像すらできなかった。

「継母さんはいろんな稽古事に行く日は、よく和服を着ていた。継母さんほど着物の似合う女はいないと思った。だから、若い女のジーンズやミニスカートなんかには何の興味もなくなった。俺は十代のときから目の前の継母さんに、本当の色気は何かを教えられたんだ」

「そんな……」

ひとつになってしまったとはいえ、悠香にとって慎介は息子でしかない。二度と交わってはならない男だ。

「着物を着ている継母さんを抱いてみたい」

「だめ。もうだめ！」

悠香は逃げようとした。

「シャワーを浴びてきれいにならなくていいのか。来いよ」

足を踏ん張っても、慎介に力任せに引っ張られていった。

「暴れるなら、ワンピースのまま頭からお湯を掛けることになるぞ」

脱衣場でそう言われ、今の慎介ならそうするだろうと、悠香は抗いをやめた。

ワンピースの下はブラジャーだけだ。慎介から電話がかかってきたとき、すでに風呂にも入り、ネグリジェ姿でベッドに入っていた。悶々とし、自分の指で慰めて果て、破廉恥に女園を鏡に映して眺めていたときの電話に、驚いて手鏡を落としてしまった……。

あのときから淫らな時間は続いている。悠香は自分の淫らさがこんな時間を引き寄せたのかもしれないと、ふっと思った。

慎介は悠香を逃がすまいとするように、傍らに立ってパジャマの上を脱いだ。

悠香は背中を向けてワンピースを脱ぎ、ブラジャーを外した。その瞬間、慎介が肩に手を掛け、グイと正面を向かせた。

「何てきれいな乳房だ」

「あう！」

抱き寄せるようにしてすぐに乳首を口に含まれ、声を上げた悠香は、反射的に慎介を押し退けた。

慎介は悠香の両手を壁に押しつけ、ふたたび顔を椀形のふくらみに近づけ、乳首を吸い上げた。

両手を壁に押しつけられて自由をなくしているだけに、全身が敏感になっている。悠香は乳首への口戯に身悶えしながら、細い肩先をくねらせて逃れようとした。だが、慎介を蹴るような真似はできなかった。

「んん……あう」

乳首がコリコリとしこり立っている。吸われるだけでなく、軽く舌先でつつかれ、捏ねまわされると、心と裏腹に、やがて疼きが総身に広がりはじめた。

「ここじゃ……ここじゃいや……あう」

服を脱いですぐ、立ったまま唐突に始まった慎介の口戯は、悠香にとって、またも不測の行為だった。ちろちろと舌が動くたびに、ズンズンと肉のマメに疼きが走っていき、我慢できずに腰をくねっくねっと動かした。

顔を上げた慎介がニヤリとした。

「また濡れてるんだろう？」

悠香の左手を押さえていた手を離した慎介は、素早くそれを下腹部に持っていった。

「あ……」

悠香が気づいたとき、慎介の指はすでに漆黒の翳りを載せた肉マンジュウのワレメの中に入り込んでいた。

指は女の器官をなぞるようにさっと動くと、そこを離れ、悠香の鼻先に差し出された。

「いや……」

ぬめりにまぶされた指が視野に入ると同時に、悠香は顔を背けた。漲った乳房が揺れた。

「口ではいやと言いながら、継母さんは本当はいやがっちゃいない。いやなら濡れるはずがないからな。それとも、いつでも濡れるのか？　乳首の感度も抜群だ。見本にしたいほどきれいな形をしたオッパイだし、乳首の色も最高だ。さあ、いくぞ」

笑いを浮かべた後、慎介は悠香を浴室に引っ張り込んだ。

すでに悠香が風呂に入った後に慎介がやってくることになり、また湯を張ったが、慎介は入った後の湯を流さず、そのままにしていた。

慎介は湯槽《ゆぶね》の中で悠香の肩を押すと、向かい合って腰を落とした。

悠香は慎介と目を合わせることができず、顔を逸らしてうつむいた。

「継母さんといると、すぐにこんなになってしまう」

手を取られ、太腿のあわいの硬くなった肉茎に持っていかれた悠香はびくりと反応し、視線は否応なくそこに動いた。

「風呂でセックスするのもいいな。だけど、継母さんの口でしてもらいたくなった」

「だめ……」

「口でするより、さっさと入れてもらった方がいいのか。それでもいい」

「いや！」

「じゃあ、口でしてくれよ」

慎介が立ち上がると、勢いを増してひくつく屹立が、悠香の目の前に現れた。

「食べてくれ。継母さんの唇に触れられたら、すぐにいってしまうかもしれない」

慎介の声は昂ぶっていた。

湯槽に浸《つ》かっているとき口戯を求めて立ち上がった慎介に動揺した悠香は、反り返った目の前の剛棒がひくりと動くのを見て、汗を噴きこぼした。

「継母さん、食べてくれよ。親父にしてやってたんだろう？」

悠香はまた顔を背けた。

「そうか、口でするより本番がいいか。わかった」

「待って！」

悠香は慌てた。

激しいベッドでの行為に、まだ花びらや秘口がひりついている。一度果てた慎介は、さほど時間が経たないうちに悠香を強引にここに連れてきた。それなのに、まだ精力があり余っているようで驚くしかない。そして、一方的な愛情が恐い。

「口でしてくれるのか」

悠香はまだ迷っていた。けれど、今夜の慎介にはどんな言葉も通じない。一匹のオスになっている。たったひとつの救いは、慎介が相手かまわず闇雲に蹂躙《じゅうりん》しているのではなく、悠香に初めて会ったときから女を感じ、ついに耐えられなくなって今の行為に出ていることだ。一方的とはいえ、慎介には悠香への思いがある。悠香にとっては理不尽でも、慎介にとってははやむにやまれぬ行為なのだ。

悠香はそこまで考え、慎介の要求に応える決意をした。

目の前のひくつく肉茎を右手でやんわりとつかむと、それだけで激しく反応し、悠香は声を上げそうになった。

鼻から熱い息をこぼしながら、悠香はつかんだ剛直を唇のあわいに沈めていった。

「う……」

慎介のくぐもった声と同時に、悠香の口の中で剛直が跳ねるように動いた。

悠香の心臓がドクッと音を立てた。

亡き英慈のものより大きい。見ただけでもわかっていたし、女壺に沈んだときもわかった。けれど、口に含めばいっそうはっきりとわかり、心騒いだ。

「ああ……溶けそうだ。継母さんの口でしてもらえるなんて夢のようだ」

感激している慎介の声を聞きながら、悠香は喉まで呑み込んだ肉茎をどうしたらいいかわからなかった。自発的な行為ではなく、慎介に言われたままに動いている。この先、どうすればいいかわからない。

「もっとしゃぶってくれよ。親父にしてやったようにすればいいじゃないか。セクシーなその唇でしごきたててくれ」

両肩に手を置いた慎介にそう言われ、悠香は英慈にしていたことを思い出した。

歯を当てないように唇を丸め、頭をゆっくりと引いていった。そして、また腹部に近づけた。

「おう……いい……継母さん、最高だ……よすぎてもたないぞ」

慎介はときおり息を止めた。

ゆっくりと口戯を繰り返しているだけで、すぐに首がおかしくなった。ベッドの上で施しているのとちがい、湯槽の中に腰をつけた不自然な格好だ。悠香は泣きたくなった。

「先も舐めてくれ。舌を使って気持ちよくしてくれ」

肉茎を咥え、唇で側面だけを刺激していると、慎介は新たな要求を口にした。

悠香は亀頭を舌で舐めまわして英慈を悦ばせていたことも思い出した。何度も英慈のものを口で愛撫した。口戯を忘れているのではなく、慎介に強制的に求められ、脳が思考停止状態になっている。だから、言われるままにしか動けない。

頭を引いた悠香は、恐る恐る亀頭に舌を這《は》わせた。肉茎はすぐに反応してひくりと動いた。

悠香の舌が動きまわるだけ、剛棒も口の中で暴れまわった。

「気持ちよすぎる……また咥えてくれ。さっきのをやってくれ」

慎介の言葉に、悠香は肉茎を頬張った。そして唇をすぼめ、頭を前後させ、側面をしっかりとしごきたてた。

「いい……継母さん、いいぞ……もう少し速くしてくれ」

首が不自然な感じだ。今すぐにでも口戯をやめてしまいたい。けれど慎介に催促されるまま、やっとの思いで速度を増した。

「うっ」

絶頂の声だった。

白濁液が喉に向かって放たれた。

悠香は噎《む》せそうになり、慌てて頭を引こうとした。しかし、それより早く、慎介が悠香の後頭部をグイと引きつけ、逃すまいとした。

両手で慎介の脚を押しながら、悠香はもがいた。

「継母さん、飲めよ。飲んでくれ」

言葉を出せない悠香は、イヤイヤと首を振ろうとした。だが、それもできなかった。

「飲むまでこのままだからな」

頭上で慎介の無情な声がした。

射精してもすぐには小さくならない肉茎が、まだ喉につかえている。苦しさに涙がこぼれそうだ。

「飲むなら放してやる。飲むか？」

考えている暇はなかった。悠香はわずかながら、首を動かせるだけ動かして頷《うなず》いた。

ようやく解放された。だが、若い白濁液は生臭く、元々その匂いが好きではない悠香は飲むことなどできず、洗い場に吐き出して噎せた。

「飲むって約束してくれたじゃないか」

「ごめんなさい……」

悠香は肩先を喘がせ、乳房を波打たせながら涙の滲んだ顔を慎介に向けた。

「まるで、初めてフェラチオしたみたいだな。今回だけは許してやるか」

ほっとした悠香から、総身の力が抜けていった。

慎介に強制的に口戯を求められて喉元深く白濁液を注ぎ込まれ、その後吐き出したにも拘わらず、口をゆすいでも生臭さが消えなかった。

寝室に連れ戻された悠香は、何も身につけていなかった。すでに抱かれた後であっても、慎介との時間には違和感があった。

「放浪して飢えて死にそうになっていたとき、やっとご馳走にありつけて、腹一杯ガツガツと食った気持ちだ。夢に見ていた以上に美味かった。だけど、こうやって満腹になってみると、まずは腹を満たしただけだって気もする。次の食事からはゆっくり味わってからだ。マナーなんか忘れて、ひたすら食ったからな。最初は継母さんのヴァギナに出して、二度目は口に出して」

慎介に見つめられ、悠香は視線を落とした。また動悸がした。

「やっと長年の願いが叶った。だけど、可愛くすぼまってる後ろにも放《はな》ってみたい。継母さんの後ろは、まだヴァージンらしいからな」

「いやっ！」

疲れてボッとしていた悠香は、慎介がアブノーマルな行為をするつもりかもしれないと思うとたちまち覚醒し、すぐに拒絶の言葉を押し出した。

悠香の不安と裏腹に、慎介がクッと笑った。

「継母さんに本気でいやと言われるとムスコが鎌首をもたげてくる。また元気になったらどうする？　最近、日に三度もしたことはないんだがな。継母さんはオスを欲情させるんだ。親父も継母さんに煽られていっしょになったのかもしれないな」

「そんなこと……言わないで」

英慈とは歳は離れていても、深く愛し合っていた。それだけに、慎介の言葉に傷ついた。

悠香の目尻から涙が溢れた。

「お願いだから……ひとりにさせて……自分のお部屋で休んで」

「いやだ！」

慎介は不意に駄々っ子になったような口調で拒否すると、悠香を強い力で抱き寄せた。

「継母さんは俺のものだ。これからは俺だけのものだ」

息が止まりそうなほど抱き締められ、悠香はもがいた。もがきながら、心の中で、ちがう、ちがう、ちがうわ……と、繰り返した。

慎介の唇が悠香の唇を塞いだ。だが、避けるまでもなく、すぐに離れた。

「ザーメンの匂いがする」

悠香は瞬時に溜まった唾液を、コクッと呑み込んだ。

「継母さんの口でしてもらったのが夢じゃなかったとわかる。この上品な口で俺のものを咥えて、しごいて舐めまわしてくれたんだ。だから、俺は短い間にまた気をやった。だけど、継母さんのヴァギナも最高だ。きっと後ろも」

慎介の笑みに、悠香の総身が強張った。

「継母さんの後ろは、まだヴァージンだよな？」

慎介が目を逸らそうとする悠香を覗き込んだ。

「ちがうのか？」

「変なことをしたら、私……死ぬわ……本当よ」

悠香は胸を大きく喘がせながら、これ以上、慎介に勝手な行為をさせるわけにはいかないと、口籠《くちご》もりながらも強い決意を表した。

「アナルセックスは変なことか。確かにな」

悠香の言葉に動じる様子は見せず、慎介が笑った。悠香はその言葉だけで羞恥に火照った。

「俺も後ろじゃ、やったことはない。ただ、継母さんのアヌスにキスしたら、あまりにきれいで可愛かったし、いい声を上げたから、してみたくなっただけだ。可憐すぎる継母さんが年上には思えなくなってきた」

慎介に後ろの排泄器官を口で愛されたことを思うと、この場から逃げ出したかった。

「耳朶《みみたぶ》を紅くして、そんなに恥ずかしいのか。またムスコが勃《た》ってきた……継母さんといると堪え性がなくなる。四六時中したくなる」

「だめ！　死ぬわ！」

悠香は強い語調で言った。だが、慎介は慌てるようすもなく、また笑った。

「親父としてるとき、何回死ぬと言ったんだ？　いきそうになると、死ぬ、死ぬと言う女がいた。継母さんにも言ってもらいたいもんだ」

悠香の言葉の意味がわかっていながら、慎介は故意にそんなことを言い、悠香の勢いを殺《そ》いだ。

「いきなり後ろに入れやしない。心配するな。だけど、二回も出したのに、まだムスコの奴がやりたがってる。今夜はおとなしくなりそうにないな」

「もういや！」

「そんなそそるような言い方をするなよ。いやと言われるたびにしたくなる。ムスコが鎌首もたげてアソコに入りたがるじゃないか。腹につきそうなほどひくついてやがる」

慎介は荒い息を鼻からこぼしながら、悠香の両手を押さえつけた。

「しないで……オクチでしてあげるから……だから、しないで」

もはや何を言っても無駄とわかり、悠香は自分から折れた。いまだに慎介を男として受け入れられない以上、肉茎で躰を貫かれるよりいい。

「口でするのが好きか。さっきはザーメンを吐き出したくせに。そうか、生臭いのは嫌いでも、フェラチオするのは好きか」

慎介はいつまでも勝手なことばかり言う。けれど、もう一度射精すれば、いくら元気な慎介でも、四度目はすぐにはできないだろう。それを期待して、悠香は慎介の太腿のあわいに正座して上半身を倒し、血管の浮き出た肉茎を握った。そして、ぱっくりと太い剛棒を咥え込んだ。

「おう……いい……継母さんの口は最高だ」

慎介の感極まった声がした。

浴室で口戯を求められたときは、立ち上がった慎介に腰を落として奉仕したので、不自然な格好で首が痛くなった。だが、今はベッドの上で慎介は仰向けになっている。今度は楽だ。それでも、一時も早く極めてほしかった。

咥え込んだ肉茎を喉の近くまで沈めた悠香は、ゆっくりと側面を唇でしごきたてながら、亀頭へと向かった。早く極めてほしいとは思っているものの、最初から素早く動くのはどうかとためらい、最初だけゆっくりと頭を動かすことにした。

「いい……継母さん、それだ。今度はじっくりやってくれ。ずっと継母さんの口の中に入っていたい」

慎介は時間をかけて楽しむつもりになっている。焦る思いと裏腹に、悠香は早々に動きが取れなくなった。

「フクロを触ってくれないか」

動きを止めた悠香に、慎介が指図した。

亡くなった英慈には愛撫してもらうことが多く、積極的に剛直を握って口に入れることはほとんどなかった。皺袋に触ったことはあっても、口戯をしながら触ることはなかった。それだけに、どう動いていいかわからなくなった。

「口でしながらフクロをいじってくれ。まだフクロを触ってもらってなかったからな」

ためらっていると催促され、悠香は恐る恐る空いている左手で皺袋に触れた。英慈のものとはちがう。まるで初めての感触のような気がして、びくりと手を引くと、慎介が笑った。

「親父と十年以上夫婦だったなんて思えない。本当にヴァージンみたいだ。継母さんはいつまで経っても少女みたいで、それでいて淫らで妖艶で、だから俺は虜《とりこ》になったんだ」

肉茎を頬張っていては何も言えない。一方的にしゃべる慎介に、悠香は鼻から湿った息をこぼしながら聞いているしかなかった。

「フクロをいじりながらしゃぶってくれよ。ムスコを咥えた継母さんの唇って卑猥だな。いつも上品だから、よけい淫らに見える」

耳を塞ぎたかった。

肉茎から顔を離そうとも思ったが、そうすれば、すぐさま挑んでこられるようで、ふたたび組み敷かれないためには口戯を続けるしかない。

早く極めてほしいと、悠香は浴室で口戯を施したときより熱心に舌で肉茎を刺激しながら、唇で硬い茎をしごきたてた。右手で肉茎の根元を握り、左手で不器用に皺袋をいじったりもした。

ふるふると長い睫毛《まつげ》を揺らしながら、悠香は生温かく柔らかい舌でねっとりと亀頭を舐めまわしては、鈴口を捏ねまわした。

「おおっ、よすぎる……継母さん……」

今度は長引くかもしれないと思ったが、予想以上に慎介の絶頂は早く訪れそうだ。悠香は一心不乱に頭を上下させ、肉茎を刺激し続けた。

右手で肉茎を握り、頭をひたすら浮き沈みさせていると、皺袋に触れている左手を動かすことなど悠香の念頭から消え去った。一秒でも早く、そのときを迎えてもらわなくてはならない。

顎が外れそうな気がしているが、唇を丸めて剛棒の側面を刺激しながら、素早く頭を動かすことに没頭した。

「おお……そんなにされるといく……ゆっくりしてくれ……」

早々に慎介は切迫した口調になった。

このまま今の速度で口戯を続ければ、思ったより早く慎介は果てるだろう。悠香にとっては好都合だ。慎介の望みを聞き、法悦までの時間を延ばすわけにはいかない。

唇で肉茎の側面を強めに刺激して滑りながら、頭を引いて剛直が抜ける寸前のエラのあたりにくると、舌先で亀頭や鈴口を慌ただしく捏ねくりまわした。茎とちがって亀頭の感触はやさしく、舌触りがいい。

「う……継母さん……よすぎてだめだ……ゆっくりでいいんだ……ゆっくりしてくれ」

慎介の口調がいっそう差し迫ってきた。

悠香は鼻から湿った息をこぼしながら、夢中になって責めたてた。単純に上下させていた頭を左右にくねらせながら、唇だけでなく、舌もあちこちに動かして側面への刺激を強めた。

「だめだ……継母さん……いくぞ……今度は飲んでくれ。でないと……またさせるからな」

慎介は絶頂を堪えながら、ようやくそう言った。

早く法悦を極めてほしいと思っていた悠香は、白濁液を飲めと言われて困惑した。口戯のスピードが落ちた。

「ああ、そのくらいがいい」

慎介の安堵の声がした。

絶頂までの時間が短かろうと延びようと、精液を飲んでほしいという慎介の気持ちは変わらないはずだ。ひととき動作を緩めた悠香は、また頭と舌を激しく動かしはじめた。茎を握っている右手も頭と合わせてスライドさせた。

「あ……継母さん……だめだ……ううっ！」

白濁液が放たれた。

悠香は息を止めた。

口いっぱいに広がった樹液をどうしていいかわからない。今までの動きで汗ばんでいた総身に、新たな汗が噴き出した。それでも、息を止めたまま樹液をこぼさないように、そっと頭を引いていき、肉茎から離れた。

慎介は天井を見つめて放心している。

悠香はティッシュを多めに抜くと、頭を低くして慎介の肉茎を拭いた。それから、その姿勢のまま、残りのティッシュに白濁液をこぼした。

「また飲まなかったな」

隠れてしたつもりが見られていた。

「だめなの……」

悠香は生臭さの残る中、掠れた声で言った。

「ザーメンが好きな女もいれば、嫌いな女もいる。嫌いな奴が多いかもな。だけど、継母さんには飲んでもらいたい。次は絶対に飲ませるからな」

もう一度、口戯をさせるつもりかと、悠香は胸を大きく喘がせた。

「気持ちよすぎて眠くなった。ひと寝入りするか」

悠香は心底、ほっとした。

「継母さんが、あんな激しいフェラチオをするとは思わなかった。ウブなようでいながら、相当いやらしいな」

慎介が唇をゆるめた。

率先してやったと思われているようで、悠香は羞恥を感じた。終わってしまうと、何かが取り憑《つ》いて恥ずかしすぎる口戯をしてしまったと思うしかない。

慎介が目を閉じた。

「シャワーはいいの……？」

「ともかく眠い……」

目を閉じたまま言った慎介は、すぐに寝息を立てはじめた。

悠香はしばらく寝息に耳を傾けていた。ほどなく、深い眠りの底へ沈んだのがわかり、もう大丈夫だろうと確信して、そっとベッドを抜け出した。

口をすすぎたかった。何度経験しても樹液の臭《にお》いには慣れない。

全裸のままで気になるが、すぐに寝室に戻るのがためらわれ、口を清めた悠香はリビングのソファに腰掛けた。

英慈のものより大きかった肉杭が、まだ女壺に入り込んでいるような感覚がある。そして、唇もジンジンしている。口戯の余韻が残っている。花壺と口で慎介を受け入れてしまったことを後悔した。けれど、拒んでもこうなった。全力で抗えば悲惨なことになったかもしれない。

今、慎介だけが満足している。愛していた英慈の息子である以上、できるだけ荒波が立たないようにしたい。後悔する結果は望まない。けれど、継子《ままこ》と肉の交わりを持ってしまったことで、すでに後悔している。

ネグリジェは寝室だ。大きな溜息をついた悠香は寝室に戻った。

慎介はさっきより深い寝息を立てていた。二十八歳とはいえ、赴任先の上海から帰国したばかりで、しかも、三度も射精してしまい、疲れるのは当然だ。四度目がなかったことにほっとしたが、一度しか肉体の交わりはなく、後二回は悠香の口戯で果てただけに、目覚めれば体力を回復し、また挑んでくるかもしれない。

悠香は慎介を起こさないように、そっとネグリジェと肌布団を取ると、寝室を抜け出した。ここ以外に行ける場所があるなら、バッグひとつで家を出るだろう。けれど、深夜に行く当てはない。

悠香はソファに横になった。肉体より精神の疲れの方が大きい。それでも、やはり慎介との激しい営みで疲れたのか、睡魔に襲われ、眠りの底に沈んでいった。

二章　師弟

目覚めた悠香は、カーテンの隙間から入ってくる明るい光に、慌てて半身を起こした。

八時を過ぎている。

どうしてリビングのソファで寝ていたのかわからずに、一瞬、混乱した。

休もうとしていたとき上海赴任中の継子の慎介から帰国したと電話があり、やってきたのが零時前だった。愛を告白され、半ば強引に抱かれ、越えてはならない一線を越えてしまったことを思い出し、心臓が音を立てた。

疲れ果てている慎介は、まだ眠っているのかもしれない。動悸のする中、足音を忍ばせて寝室に向かった。静かだ。

迷いながら、そっとドアを開けた。

薄闇の中から規則正しい寝息が聞こえてきた。まだ眠っているのがわかり、すぐにドアを閉めた。

慎介が起きてくれれば、また悠香を抱こうとするだろう。夜までの時間は長い。朝でなければ昼。昼でなければ夜。必ず慎介は悠香を抱くはずだ。

慎介が起きてくるのを待つわけにはいかない。今なら慎介に気づかれずに部屋を出ることができる。

悠香は衣類置き場にしている部屋に入ってネグリジェを脱ぐと、黒いスカートに、ブルーのアンサンブルのニットのセーターとカーディガンを素早く羽織った。

それから鏡を眺め、肩まである軽くウェーブのかかった髪を梳《と》かした。和服のときはアップにするが、それよりはるかに若く見える。

今にも慎介が起きてきそうで気が急《せ》いた。顔を洗っている暇はない。いつも薄化粧なので、素顔でも不自然には見えない。今は迷っている暇はない。家から出るのが先決だ。

〈お稽古の日なので外出します。起こすと悪いので黙って出ます。帰りは遅くなります。ごめんなさい〉

逃げるように家を出るつもりが、それでは慎介が納得しないだろうと、短い手紙を書いてリビングのテーブルに置いた。

これで夜までは何とかなる。その先のことまで考える余地はない。

泥棒猫のようにこっそりと玄関に向かった。足音と裏腹に、心臓は飛び出しそうなほど高鳴っていた。

玄関の鍵を掛けるとき、やけに大きな音がしたようで汗ばんだ。そこが自分の家であるにも拘わらず、悠香は逃げるように足早に去った。

家が見えなくなると、やっと歩をゆるめた。そして、顔も洗っていなかったことを思い出して急に周囲が気になり、うつむき加減に近くの駅に向かった。

洗面所の鏡の前に立った悠香は、人がいなくなると、ほっそりした指で唇をなぞった。この唇で慎介の肉茎を愛撫したのだと思うと、淫らな痕跡が残っているような気がしてならない。紅を塗っていないにも拘わらず、いつもより紅い色をした唇は濡れたように光っていた。

家を出ても行く当てもない悠香は、駅の洗面所で薄い口紅だけ塗ると、それからどうしていいかわからなくなった。

華道や茶道、書道などの稽古事をしているものの、今日は稽古日ではない。九時を過ぎたものの、デパートが開くのも一時間ほど先だ。

空腹に気づいて食事することにした。ひとりで外食することはなく、喫茶店でサンドイッチを食べていても落ち着かなかった。帰るところがないと思うと泣きたくなった。

慎介はいずれ上海に帰らなければならないはずだ。いつまで日本に滞在するのか訊《き》かなかったことを後悔した。急に休暇を取ったと言った。長くはいられないだろう。けれど、それが二日か三日か一週間なのか、見当がつかない。

コーヒーを飲んでいるとケイタイが鳴った。ケイタイは持ち歩くものの、ほとんど自宅の電話にかかってくる。不安に駆られながら手に取ると、予想どおり、慎介からだ。

話したくなかった。話せば戻ってこいと言われるだろう。嘘が露見するようで恐い。

ケイタイを自宅に置いたまま出てしまったから気づかなかったと言おう。それも、マナーモードにしていたと言えば、そのケイタイの近くで慎介がかけていたとしても気づかなかったことになる……。

そう考えたとき、わずかに気が楽になった。だが、ケイタイは何度も執拗に鳴った。切れたと思えば、数秒でまたかかってくる。悠香の心はまた乱れた。

慎介の様々な顔が過ぎった。

怒っている顔、心配している顔、哀しんでいる顔……。

怒っている顔より哀しい顔の方が気になる。慎介に何と言われようと、今まで息子と思ってきた以上、妻になる気はない。それでも、慎介が高校生のとき、妻を亡くした英慈の後妻として秋山家に入ってからの、いっしょに暮らした日々を思うと無下にすることもできない。

慎介は悠香に迷惑をかけたことはなかった。英慈と結婚できたのも、ひとり息子の慎介が反対しなかったからだ。昨夜、それは悠香に一目惚れしたからだと告白された。愛の告白は受け入れられないものの、今までの慎介の苦しみは理解できる。憐憫がつのると、帰らなければと思ってしまう。けれど、帰れば慎介は挑んでくる。力ずくでも抱くのはわかっている。

鳴り続けるケイタイに、いくらマナーモードにしていようと心が揺れた。ついに悠香はケイタイを取った。

「はい……」

「稽古の日なんて嘘だろ？　良妻賢母の継母さんが、食事の用意もしないで黙って出ていくはずがない。どこにいるんだ」

置き手紙の内容などまったく信じていない慎介の言葉に、悠香はどう返せばいいか迷った。

「今、お稽古中なの。邪魔をしないでね……」

悠香は胸苦しさを覚えながらも、精一杯、冷静を装った。

「何の稽古だ。どこかの店で何を稽古してるっていうんだ。邪魔をしないでと言うにしちゃ、ざわついてるじゃないか」

ウエイトレスや客の注文の声が慎介の耳に届いているとわかり、悠香は当惑した。

「やけに腹が減った。久しぶりに継母さんの手料理が食べられると楽しみにしているのに、味噌汁も作らないで出ていったんだから、すぐに戻ってくるつもりなんだろう？　それまで待ってる」

慎介は悠香が戻ってくると確信している。呼び戻せると自信を持っている。慎介の自信とは逆に、悠香の気持ちは揺らいだ。

「後三十分か一時間ぐらいか？」

「遅くなるって……そう書いたはずよ」

負けてはならないと、か細い声ながら、悠香はそう言った。帰れば、玄関先で即座に抱きすくめられる気がする。

「何時に終わる？　そのころ迎えに行く。何の稽古か知らないけど、どこに行けばいいんだ？」

「邪魔しないで……子供じゃないんだから、お腹が空いたら自分でちゃんと食べるのよ。もうかけてきても取らないわ」

話が長引くほどに慎介の思惑通りになっていく。悠香は迷いの中でケイタイを切った。そして、バッグの奥深くに仕舞った。

どこにいるか話さなかったが、ここにいれば慎介がすぐに連れ戻しに来るようなおかしな感覚になり、逃げるように店を出た。

早く遠くに行かなければと、まずは駅で切符を買った。ホームに向かうとき、緒方雅風《おがたがふう》の顔が浮かんだ。英慈と結婚してから出入りするようになった書道教室の師だ。

悠香は小さい頃から書を習い、今では教室を持つこともできる。だが、英慈と暮らしているときは家庭を優先させたいと、そういう勧めはやんわりと断った。

雅風に乞われ、教室では生徒に教えることもあったが、英慈が亡くなってから一年ほどは気力がなく、ほとんど顔を出さなかった。けれど、ここ半年、ぼちぼちと顔を出すようになった。

伺っていいか電話しようかと思ったが、ケイタイを手にするのが恐く、そのまま雅風の屋敷に向かった。今日は雅風は休みを取っているはずだ。家にいないかもしれない。それでも目的地を定めただけで救われた気がした。

雅風は六十七歳。白髪交じりだが、ふさふさとした髪の持ち主で、温厚な人柄が生徒達に好かれている。書家として時には個展も開くほどで、悠香はその書に惹かれていた。

雅風は、英慈が亡くなる半年前に妻を亡くした。それから、近くに住む三十路を過ぎた娘の文子《あやこ》が、週に一、二度、顔を出して掃除などしていく。学生結婚した文子には十歳の子供がいるが、姑と同居しており、家を空けやすいと言っていた。

雅風の屋敷の門扉の前に立つと、悠香は急に不安になった。稽古日でもないのに何をしに来たのかと訝《いぶか》しがられるかもしれない。今まで稽古日以外に訪ねたことはない。それに、今になって手ぶらだと気づいた。菓子の包みでも持ってくるのが礼儀だろう。

臆病になった悠香は、表札を見たり門扉の中を覗いたりして、インターホンを押すかどうか迷った。

「あら、悠香さん」

背後からの声にびくりとして振り返ると、雅風の娘の文子だ。悠香はますます焦った。

「どうなさったの？　父は在宅のはずよ」

「あの……近くまで来たので、急にその気になって……ですから、ご迷惑じゃないかと思って……ちょっと考えていたもので」

「まあ、水臭いわ。父の最高のお弟子さんなのに。どうぞ」

インターホンを押した文子は門扉に手を入れて閂《かんぬき》を外し、さっさと中に入った。悠香はまだ迷っていたが、文子の後に続いた。

玄関に着くと、茶鼠《ちゃねず》の着物に気楽な感じの鉄紺《てっこん》の兵児帯《へこおび》を締めた雅風がドアを開けた。

「お……どうしたんだ」

文子の後ろにいる悠香に気づいた雅風が、驚いた顔をした。

「急にすみません……」

悠香は来るのではなかったと後悔した。口紅を簡単に塗っただけで、化粧もしていない。和服で来ることが多いし、急いで選んだ洋服も気になった。

「休みに来てくれるとは嬉しい。退屈しないですむ。さ、上がってくれ」

驚きの顔から満面の笑みに変わった雅風に、悠香は安堵した。それでも、自分の格好や土産なしでやってきたことに引け目を感じた。

「すぐに帰りますから……」

「そんなことを言わないで、夜まで父の相手をしていただけると助かるわ。私、今日は急に用ができて、三十分ほどで帰らないといけないの。お昼はお弁当を作ってきたけど、夕食をいっしょに食べていただくと父も喜ぶわ」

「悠香さんと夕食か。それはいい。どこかの店を予約しておこう。かまわないか？」

「困ります……今日はこんな格好ですし……」

「それでかまわないのに。でも、母の着物もちょうどいいんじゃないかしら。似合いそうなものに着替えていただいたら？　ねえ、お父さん」

「ああ、そうだな。形見分けでほとんど手放してしまったものの、まだ何枚かは残してある。それでよければ」

「そんな……」

「じゃあ、そういうことで、私はちょっとだけお掃除して失礼するわ。後はよろしく」

悠香が戸惑っている間に、和室の座卓にお茶が出され、文子は手早くあちこちを片づけて、さっと帰っていった。

「何があったんだ？」

ふたりになったとき、雅風が尋ねた。

今までにこやかだった雅風の表情が、不意にまじめになり、悠香はたじろいだ。

「別に……」

悠香は目を伏せた。

「玄関で悠香さんを見た瞬間、尋常じゃないと思った。いつもの悠香さんとちがった。文子にちょっと聞いたが、インターホンを押そうかどうか迷っていたそうじゃないか。文子も気にしていた」

いつそんなことを話したのだと驚いた。文子が帰る前、もらい物のハムがあるから持って帰れと、雅風がキッチンに立った。そのときしか考えられない。

「まるで夜逃げしてきたようじゃないか。何があったんだ？　ご主人が亡くなって一年半になるのかな。ようやく落ち着いてきたと安心していたのに」

慎介のことを話すのは辛い。そして、生々しすぎる。抱かれたこと、口で肉茎を二度も愛したこと……。そんなことを話せば、二度とここには来られなくなる。悠香は黙りこくった。

「朝から酒でも呑むか？」

雅風の表情が、また穏やかになった。

アルコールはさほど強くはないが、英慈が生きていたときは、よく晩酌につき合ったものだった。少し過ぎるとほろ酔いになり、英慈はそんな悠香が色っぽくて好きだと言った。

雅風の言葉に、悠香は久々に酔ってみたくなった。酔えば少しは苦痛がやわらぐかもしれない。

「少しだけなら……」

「おう、朝から酒もいいかもしれない。美味い冷酒があるんだ。すぐに持ってくる」

雅風がいなくなり、和室がしんと静まり返ると、バッグの底に押し込んだケイタイが鳴っているようで気になった。けれど、バッグを座卓の下に押しやり、気を逸らそうとした。

床の間には雅風の書の掛け軸が掛かっている。多くの書体を巧みに書きこなす雅風には、生まれ持った書の才能があるとしか思えない。

悠香は自分の書は美しいかもしれないが、ただそれだけで、雅風のような芸術的な文字を書く自信はなかった。自分には才能がなく、日々の積み重ねによるたまもので、それが自分の限界だと悟っていた。

「つまみはこんなものでいいか。文子がセロリの漬け物や蟹巻き卵を持ってきてくれたからちょうどよかった。別に弁当も作ってきてくれたから、お腹が空いているなら持ってこよう」

「いえ、お気遣いなく……先生にこんなことをさせてしまってすみません」

雅風が運んできた盆から、悠香は慌てて冷酒の瓶とガラスのお猪口《ちょこ》、つまみや箸を取って座卓に置いた。

「それじゃ、差し向かいだ。差しつ差されつには遠すぎる。こっちにおいで」

悠香は座卓のあちらとこちらに置いたお猪口と箸を、慌てて横に並べ直した。

「すっきりした辛口の酒だ。悠香さんの口に合うといいが。さあ、注《つ》いでやろう」

「いえ、私が」

「いや、客が先だ」

隣に座った悠香のお猪口に、雅風は冷酒を注いだ。

冷たい酒が喉を通るときだけ冷たく、その後でかっと熱くなり、さほど時間が経たないうちに、その熱はじわりと総身へと広がっていった。

「いっしょに呑むと美味い。昼前から悠香さんのような美人と酒を酌み交わせるとは、最高の贅沢だな」

楽しく呑む雅風に隠しごとをしているようで、悠香は後ろめたかった。

「こんなゆったりした時間はいいな」

「先生はいつもお忙しいから」

「いや、ひとりでぼっとしてることはよくあるんだ。だけど、相手がいるとまたちがう。孝子が亡くなって二年になるし、新しい相手を探さないかと言ってくるお節介な奴が多くなった」

「どなたかいらっしゃいますか……？」

すぐにそう訊いた悠香は、雅風の再婚話に動揺している自分に気づいた。

「あと三年で古稀だ。今さら再婚もな。もう少し若かったら悠香さんに申し込むかもしれないが」

冗談とも本気ともつかない雅風の口調と表情に、お猪口に残っている半分ほどの酒を、悠香はクイと空けた。

「おう、いけるじゃないか。今まで少ししか呑まなかったのは猫を被ってたのか」

嬉しそうに言った雅風は、また悠香に酒を注いだ。

夫を亡くしてから、悠香は再婚など考えたこともなかった。英慈が愛しく、英慈との思い出としか過ごせなかった。けれど、時間が哀しみをやわらげはじめると、今度は肉の渇きに襲われた。こっそりと自分の指で慰めて果てたが、満たされるのはそのときだけ。そして、惨めさや淋しさに包まれた。

まだ三十四歳だ。いくつまで生きるかわからないが、これからの一生を異性なしで過ごせるかどうか自信はなかった。そんなとき、雅風も妻を亡くしてひとりなのだと、ふっと脳裏を過ぎることがあった。雅風も淋しいだろうと思った。

連れ合いを亡くした者同士で暮らすことになったらどうなるだろうと、考えたこともあった。悠香と倍ほど年のちがう雅風といっしょになるのは不自然かもしれないが、温厚な人柄には惹かれ、その書も愛していた。二十歳年上だった英慈を思うと、父親のような歳の男といっしょにいると守られているような気がして安心できる。

慎介に抱かれていなければ、こんな後ろめたい思いはしなくてすんだだろうにと、悠香は昨夜の出来事を悔やんだ。どうしようもなかったことはいえ、後悔が悠香の酒を呑むピッチを速めた。

「先生、私、みっともないでしょう？」

ほろ酔い気分になると、悠香は楽しいどころか、逆の気持ちになってきた。

「どうしてそんなことを言うんだ。いつもとちがうと思ったら、口紅以外はノーメイクのようだ。肌もきれいだし、素顔も新鮮でいい。それに洋服で来るのも珍しいし」

「嘘。顔も洗わずに出てきたのに。ほんとは、あんまりみっともないから奥様の着物を着るようにおっしゃったんでしょう？」

怒ったような口調になった。

師と尊敬している雅風に、今までこんな態度を取ったことはない。軽い酔いのせいで、昨夜からの溜まりに溜まったやりきれなさが爆発しようとしていた。

「顔を洗わなくても化粧しなくてもこんなに美人なら、化粧代もいらずに安上がりだな。着物のことで気を悪くしたのなら謝る。このままでもいいんだ。でも、気にしているようだったから」

謝ると言われ、自分の方が悪いのにと、悠香は切なかった。

「少しピッチが速すぎたようだ。酔うとどんなになるか見てみたいと思ったが」

「見たらがっかりしたんでしょう？」

雅風に対して詫びたい気持ちがあるというのに、口から出てくるのは逆の言葉ばかりだ。

「今まで知らなかった悠香さんを見られて、けっこう楽しんでる」

「悪い女を見て楽しいの？」

砕けた口調になってきた。

「悪い女か。悪い女もいいな。だけど、悠香さんは悪女にはなれそうにないな。せいぜい、可愛い悪女ってところかな。男は可愛い悪女に惹かれる」

「私は本当に悪い女だわ」

悠香は捨て鉢な口調で言うと、自分の手でお猪口に冷酒を注ごうとした。

「おっと、もうちょっとゆっくりだ。酒には呑み方がある」

雅風は冷酒の瓶をやんわりと悠香から奪った。

「まだ少ししか呑んでないわ」

「だから、呑むなとは言っていない。呑ませないとも言っていない。もっとゆっくりだ」

「いや！」

拗ねた悠香に、雅風がクッと笑った。

「いやと言われると、何だかそそられる。やけに可愛いな」

そう言われた途端、慎介に言われた言葉が甦《よみがえ》った。

『継母さんに本気でいやと言われるとムスコが鎌首をもたげてくる』

『そんなそそるような言い方をするなよ。いやと言われるたびにしたくなる』

慎介はそう言って、肉茎をひくつかせながら挑んできた。

荒い息を吐いた悠香の唇が、小刻みに震えた。

「何があった？　そろそろ話してくれてもいいだろう？」

真顔に戻った雅風に、悠香は不意に甘えたい心情に駆られた。

「慎介さんが……上海から戻ってきてるんです」

悠香はうつむいた。

「息子さんが……そうか。いつから」

「昨夜から……」

「彼はまだ独身なのか」

「ええ……」

「惚れられたのか」

何が起こったか口にしていないというのに、雅風にそう言われ、悠香はコクッと喉を鳴らした。堪えていたものが一気に噴き出し、肩先が震えた。

「結婚してくれとでも言われたか。血の繋《つな》がりがないから、できないことはないからな」

「いや……」

「それで出てきたのか」

悠香は頷いた。

「空いてる部屋ならあるから使うといい。悠香さんは師範の腕前だ。みんなにも信頼されているし、稽古に来た者には何とでも言える。個展に向けての手伝いをしてもらっていることにしよう。朝から夜までいてもらっていることにすればいいんだ。悠香さんにいてもらえるなら、こんな嬉しいことはないし」

「ありがとうございます……」

泣きそうになった。

やはり雅風が守ってくれる。そうわかると、英慈が亡くなって肉の渇きを覚えるようになってから、師というだけでなく、別の目で雅風を見つめることがあったのに気づいた。だからこそ、今日、ここに来てしまった。他の所に行こうとは思わなかった。

初めてふたりきりで呑み、少し酔い、雅風に対してかつてない近しさを感じた。

「もう少し若かったらいいが、悠香さんの倍の歳じゃな……」

笑みを作りながら溜息をついた雅風は、思い直したようにお猪口の酒を口に運んだ。

「先生はお歳よりずっとお若いわ……まだこれからだと、いつもおっしゃってるのに……」

「ああ、書はこれからだ。だけど、あっちの方は若いときのようにはいかない。まだ現役は現役だが」

雅風は肉の匂いのすることを口にして、無理に笑った。

「オユビやオクチが好き」

このまま黙っていては雅風は引いてしまう。そう思った悠香は、少し酔いがまわっていることもあり、素面《しらふ》では絶対に口にしないような大胆なことを言った。そして、その後で羞恥に火照り、耳朶が一瞬にして紅くなるのを感じ、ますます総身を熱くして顔を覆った。

「どんな顔をしているか見たい」

顔を覆っている両手を、雅風が握った。

「だめ……あっ」

力ずくで両手を退けられ、頬を朱に染めた悠香は、困惑して雅風から目を逸らした。

「指や口が好きか」

あまりの恥ずかしさに、躰より頭の中が火傷《やけど》しそうなほど熱かった。今まで呑んだ酒が、一気に血管を走り抜けたような気もした。

「こんな恥ずかしそうな悠香さんを見るのは初めてだ。色っぽすぎておかしくなりそうだ。いや、おかしくなった」

そう言った雅風は、悠香を抱き寄せて唇を塞いだ。

その瞬間、悠香は息を止めた。どうしていいか困惑した。慎介の強引な行為とはちがうだけに、拒否しようという気持ちはない。それでも、受け入れる体勢も整わず、心臓だけが激しい音を立てていた。

押しつけられている雅風の唇に、悠香は初めての口づけのように身じろぎもできなかった。飛び出しそうな心臓と裏腹に、総身は固まったままだ。

雅風の舌が口中に侵入し、ゆっくりと動きはじめた。それでも悠香は軽く唇を開けたまま、じっとしていた。

「悪いことをしてしまったかな」

硬直したままの悠香に、顔を離した雅風がまっすぐな視線を向けて訊いた。

悠香は慌てて首を振り、雅風の胸に顔を埋めた。拒否したと思われては、雅風は今後、今までのように師と弟子としての距離を置くだろう。歳を重ねた落ち着きと、元来の温厚な人柄に惹かれている以上、雅風を好意的に思っていることは伝えたかった。

雅風は悠香の顎を掌《てのひら》に載せ、顔を上向かせた。悠香はちらりと視線を向けたものの、雅風の目を見ることができず、すぐに視線を落とした。まだ動悸がしていた。

「人妻だったとは思えないな。心臓の音が伝わってくる。まるで生娘のようだ。こんな若い悠香さんを独りにさせるとは、神様も意地が悪い。ここに来なくなったとき、心配していたんだ。久しぶりにやってきたときの文字の乱れで、辛い気持ちを引きずっているのがわかって、何と言ったらいいかわからなかった。やっと最近、元気になってきたと思っていたんだが」

頭を撫でられ、父親に愛されているような安らぎを覚えた。雅風は亡くなった英慈に似ている。広い懐に包まれる気がした。

ふたたび雅風の唇が悠香の唇を塞いだ。今度は悠香も受身のままではなく、雅風の舌が入り込むと、自分の舌もちろっちろっと遠慮がちに動かし、舌を絡ませた。

そうしているうちに、触れられる口蓋や歯茎の裏がじんわりと疼きはじめ、下腹部へと広がっていった。肉のマメもトクットクッと脈打ちはじめた。その疼きを癒そうと、悠香はいっそう熱心に舌を動かし、雅風の唾液を奪っては呑み込んだ。

雅風の手が悠香のスカートから入り込んだ。

太腿を撫でながら奥へと這い上がっていく指に、悠香の肌がねっとりと汗ばんだ。指は、つけ根までやってくると、ショーツとパンティストッキング越しに、翳りを載せた肉のふくらみのワレメをなぞりはじめた。

「んん……」

塞がれた悠香の唇から、くぐもった声が洩れた。

布越しに行き来する雅風の指は、まるでショーツの中が透けて見えているかのように、ワレメの上をまっすぐに辿っている。

悠香の舌の動きは徐々に衰え、やがて、唇を合わせたまま止まった。

雅風は指を動かしながら、舌も巧みに動かし、悠香を欲情させていった。

布越しに動く指はワレメの上だけを行ったり来たりしているが、肉のマメのところに来ると、そこで細かく振動した。そして、下方の秘口あたりにくると捏ねまわすように動き、また上の方へと滑っていった。

「んん……」

塞がれた唇から声を出すことができず、悠香は鼻からくぐもった喘ぎを洩らした。

雅風の舌は先ほどから同じように、口中でねっとりと動き続けている。下腹部は、まるで別人がいじりまわしているようだ。ふたりに集中的に責められている気がする。責められているとはいえ、嵐のようではなく、そよ風に繰り返し繰り返し撫でられている感覚だ。一気に過ぎ去る嵐より、やさしい刺激の重なりの方が、ひたひたと押し寄せる波の感覚に似て、ゆっくりと総身を燃え上がらせていく。

「濡れてきてる。ちゃんとした熟女だ」

顔を離した雅風に耳元で囁《ささや》かれ、指先の力まで抜けていくようだった。

間接的にワレメを辿っていた雅風の指が臍《へそ》の方に向かい、ショーツに潜り込んだ。

「あ……だめ」

悠香が掠れた声を出すと、それ以上のことを言わせまいとするように、雅風が唇を塞いだ。

そして、指は漆黒の翳りを載せた肉マンジュウを撫でまわし、しばらく茂みの中で遊んでいた。

それからワレメの合わせ目を指で辿り、そこに中指を寝かせるようにして左右に動かし、肉マンジュウをくつろげて入り込んだ。

何もかも手慣れていた。雅風の指は筆を持つためではなく、女を悦ばせるためだけにあるようだった。

指が女の器官に触れたとき、悠香は熱い息を鼻からこぼして身悶えた。

悠香を逃すまいとするように、雅風の左手はしっかりと腰にまわっていた。その力強さとは対照的に、右手はこれ以上のやさしさはないというほど繊細に女の器官に触れていく。

指先に目があり、その目で悠香の器官の隅々までをゆっくりと観察しているようだ。

二枚の花びらの尾根を順に辿った指は、次に肉マンジュウと花びらのあわいの肉の溝を滑っていった。それから、肉のマメを包んでいる細長い包皮をなぞり、また花びらの尾根を辿って秘口近くへと滑っていった。

指が肉の祠にわずかに潜り込んだ。

「あう……」

悠香の総身が一瞬、硬直した。

指はすぐにそこを出て、花びらのあわいを焦れるほどゆっくりと行ったり来たりしはじめた。

いつしか雅風の唇は悠香から離れていた。それでも、左腕の力は抜かず、しっかりと悠香を抱き寄せていた。そして、ショーツに入れた右の指で女の器官をいじりまわすやさしい動きも変わらなかった。

切ない心地よさだった。蜜が溢れ、雅風の指をぬるぬるにしているのがわかり、悠香は甘い喘ぎを洩らしながら、ときおりくねりと腰を動かした。

まるで、まんべんなく蜜を広げるように、肉の堤の内側を指が動きまわっている。肉のマメに触れないように注意深く周囲を玩《もてあそ》んでは、ときおり女壺に指が沈み、浅い所で二、三度出し入れさせて、抜かれてしまう。

そんなことを繰り返されていると、もう少し強い愛撫がほしくなり、浅いところまでしか挿入されない指ももどかしく、奥の奥まで沈めてほしいと望んだ。指が入ると、もっと言うように、腰をわずかに近づけた。

「こんなに濡れてくれて、私のものも元気になってきた」

雅風の言葉に、悠香は夢から覚め、我に返った。

「だめ……」

慎介に抱かれて半日も経っていない。雅風に抱かれるわけにはいかない。

雅風のやさしさに安らぎを覚え、唇を重ね、果てはこんなことになってしまったが、慎介に抱かれたばかりの躰を思うと疚《やま》しさがつのる。慎介の行為は激しかった。それをひととき忘れて、雅風の指戯に恍惚とした。淫らで背徳的な女だと愕然《がくぜん》とした。

「もうだめ……」

悠香は泣きそうな顔をして、雅風の腕から離れようとした。

「月のものじゃないようだ。それなら、危険日か」

雅風は予想外のことを口にした。そんなことを雅風に言われると恥ずかしかった。

「そうなのか」

悠香は小さく首を振った。

「可愛い声を上げていた。いやじゃないと思ったが、やっぱり私じゃだめか」

ちがうの……と言うように、悠香はまた首を振った。

「慎介君に惚れられたようだが、悠香さんも心が傾いているのか。気持ちを整理できないでいるのか」

雅風は勘違いしている。慎介に心が傾くはずがない。慎介に心惹かれていると思われたくはなかった。何があったかを告白すべきかどうか、悠香は迷った。また激しい動悸がした。

「これ以上は無理か……」

雅風は慎介のように強引なことはしない。このまま黙っていれば、誤解したまま身を引くだろう。沈黙を続ければ、後悔する気がした。

「慎介さんに抱かれました……だから」

悠香はそう言うと、息苦しくなって喘いだ。

「そうか……そうかもしれないとは思っていた……意に反したことだったのなら辛かったな」

慎介に抱かれたと言っても、雅風は責めもせず、むしろ、慰みの口調で言い、柔和な視線で悠香を見つめた。

雅風のやさしさは救いのはずが、同時に苦痛でもあった。

「だから、これ以上は……」

悠香の声は掠れた。

「もし、彼に抱かれたことでそう言っているのなら気にしなくていい。気にしなくていいと言えば、傷ついている悠香さんを、さらに傷つけることになるかもしれないが、私はそんなことは気にしない。濡れてたじゃないか。その気になってくれてたんだろう？　今日がいやなら、最後のことはしない」

なぜ、これほど雅風はやさしいのだろう。やさしければやさしいほど辛くなる。

「私は汚れてます……」

慎介に強引に抱かれただけでなく、自分の意志で口戯を施したことを思うと、今になって悔やまれてならない。

「このご時世に、ずいぶんと古風なことを言うんだな」

「ごめんなさい……帰ります」

雅風の前から消えたかった。

「慎介君のいる家にか」

どこに行けばいいのかわからない。ホテルに泊まる手もあったと、ちらりと考えた。

雅風に秘園を指で愛撫され、膝を崩していた悠香は、座布団から立ち上がろうとした。

「まだ帰せない」

雅風が悠香の動きを遮った。

「このまま帰したら、もう来てくれなくなるかもしれない。悠香さんはいつもきれいだ。心も躰も。何が汚れてる？　慎介君のものが入ったあそこか？」

生々しい言葉に、悠香は顔を背けた。けれど、そうですと、口に出したい衝動に駆られた。

「気になるところを見せてごらん」

「いや」

雅風の言葉に動揺した。

慎介に抱かれた後、シャワーを浴びた。けれど、それから半日も経っていない。そこを雅風の目に晒しては顰蹙《ひんしゅく》を買う気がしてならない。それより、今まで師と弟子の関係でしかなかっただけに、肉の匂いのすることを口にされると後込《しりご》みしてしまう。

「指を入れると気持ちよさそうにしていたのに、どうして今さらいやと言うのか不思議だ。女心は複雑だな」

そう言った雅風は、悠香の両手首をつかんで左手でひとつにして握ると、右手をスカートに潜り込ませた。

「だめっ！」

「このまま帰すわけにはいかない。そう言っただろう」

雅風は落ち着いた口調で言うと、パンティストッキングごとショーツを一気に膝までずり下ろした。

雅風が力ずくで挑んでくるとは思っていなかった。悠香は肩先を躍起になって動かし、ひとつにして握られている手を自由にしようともがいた。

「本気で逃げたいのか？」

雅風が訊いた。

悠香ははっとして抗いをやめた。

「本気でいやと言うならやめよう。だけど、そうじゃないなら、何度も言うが、このままでは帰せない。このまま帰したら、後悔しそうだ」

悠香も、このまま帰れば後悔すると思っていた。不可抗力とはいえ、慎介に抱かれたことが後ろめたかった。だが、それを知っても、雅風は気にしていないと言った。今、逃げようとしているのは、恥ずかしすぎることを言われ、恥ずかしいことをされようとしているからだ。

「その顔は、本当はいやじゃないということだな？」

力を抜いた悠香に、雅風が唇をゆるめた。

「気にしているところを見せてもらおうか」

「だめ……」

また羞恥に襲われた。

「ますます見せてもらいたくなった」

膝まで下りているショーツとパンティストッキングを、雅風はさらに下ろしていった。両手を握られたままの悠香は、膝を閉じて雅風の破廉恥な行為を遮ろうとした。

雅風は今までとちがい、ためらいを捨てたように、楽しそうに強引な行為を続けた。

「行儀が悪いが、この場は許してもらうしかないな」

右手を伸ばすだけ伸ばして、これ以上、ショーツを下げることができないと知った雅風は、脚を伸ばし、足指の先で踝まで下ろしていった。

「だめ！」

悠香は腰を振って逃れようとした。

「抵抗する女は何十年振りだろう。誤解されるといけないが、レイプなんてしたことはない。恥ずかしがって抵抗されたんだ。悠香さんもそうだろう？」

雅風のゆとりに比べ、剝き出しにされた下腹部がスカートに隠れているとはいえ、悠香は切羽詰まった状況だった。

「見せてもらうだけだ。セックスはしないと約束するから、おとなしく見せるか？」

「いや」

さっきまでとちがう悠香の子供じみた口調に、雅風が笑った。

「そうか、もしかして、ナニをしないと言ったから拒むのか。入れてほしいのか」

雅風は意地悪く言葉で責めるのを楽しんでいる。

「してくれと言われても、若者のようにはいかないからな。ともかく、できてもしない。悠香さんがアソコにどんな花を隠しているか、見たくてたまらないんだ。これればかりは我慢できそうにない」

踝まで下りていたショーツとパンティストッキングが、雅風の右の足指によって、ついに悠香の躰から離れた。

「光沢からするとシルクのようだ。悠香さんにはシルクが似合う」

悠香の足首から離れ、パンティストッキングといっしょに畳の上で丸まっているショーツに、雅風の視線が止まった。

「見ないで……」

悠香はショーツから雅風の視線を逸らそうとした。

「今日の私は臍曲がりのようだ。見ないでと言われると見たくなる」

雅風は手の届かないところにあるショーツを、足で引き寄せた。そして、腕を伸ばしてつかんだ。

「だめ！」

両手首をつかまれたままどうすることもできないが、ショーツを取り返そうと、悠香はまた激しく抵抗した。

雅風は薄いベージュ色のパンティストッキングをショーツから離すと、腰を直接包んでいたシルクの布だけを目の前に持ってきた。

「いやっ！」

裏返しになっている布底に、縦に恥ずかしいシミができている。それを目にした悠香の総身は、一瞬にして火照った。

「まだ蜜が乾いてないようだ。指で触っていたとき、ぬるぬるになっていたからな」

「だめっ！」

ショーツを鼻に近づけようとした雅風より早く、悠香は悲鳴に近い声を上げた。

雅風はそんな声に怯《ひる》みもせず、ショーツの底を鼻先につけた。

「悠香さんの匂いはこんな匂いか。思っていたより何倍もいい匂いだ」

「嫌い！」

恥ずかしさと、紳士と思っていた雅風がそんなことをするとは想像もしていなかっただけに、動揺した悠香は鼻頭を赤く染めて肩先を震わせた。

「泣かせてしまったか。本当に純情だな」

雅風はショーツを離すと、拘束していた悠香の手を離して抱き寄せた。

「こんなに可愛い人が結婚していたなんて、何だか信じられなくなった。夫婦の生活もしないで、お嬢様のままで暮らしてたんじゃないだろうな」

雅風は泣いている悠香に動揺するより、無垢すぎる少女のような姿を面白がっていた。

「そんなに泣かれると、私が悪いことをしたみたいじゃないか。だけど、悠香さんが熟女じゃなくて、少女どころか赤ちゃんのような気もしてきた。オムツを替えてやらないといけないか。どれ、見せてみろ」

「いや……」

悠香はすすり泣きながら甘えた声を出した。

「まだアソコに毛も生えてないのかもしれないな。それが恥ずかしいんだろう」

悠香の涙にためらうどころか、もはやふたりの関係を危なげないと確信して落ち着き払った雅風は、躰を倒していき、胸の中でもがく悠香にたじろぐことなく、畳に横たえた。

「どれ」

悠香の頭が畳に着くなり、雅風はさっと自分の躰を起こし、一瞬の間に悠香の両脚を押し上げた。

「いやあ！」

スカートに隠れていた下腹部が剝き出しになり、すでに覆う物のなくなっていた秘部をスッと空気が嬲った。

悠香は両手で空を搔き、起き上がろうと焦った。けれど、足は胸につくほど押し上げられ、背中は畳から離れなかった。

「ちゃんと毛は生えてたな。安心した」

パニックに陥りそうになっている悠香と反対に、雅風はゆったりと笑った。

「いやいやいや！　嫌い！」

胸のあたりで割り開かれた破廉恥な膝を閉じようと、悠香は躍起になった。けれど、いつもは筆を持ち、力強い字だけでなく、繊細な文字も書く雅風の手が、まるで別人のもののように、がっしりと脚を押し上げ、悠香は身動きできなかった。

「きれいな花びらだ。オマメも可愛い。ここは十人十色で同じ物はひとつとしてないし、色も形もみんなちがう。悠香さんのココは極上だ。こんなにきれいなものを持ってる女は他にいないぞ。毛の生え方もきれいだ。生えてないほど薄いかと思っていたが、しっかり生えてる」

「見ないで……」

視線から逃げるように尻をくねらせる悠香は、羞恥に消え入りたかった。

「さあ、もうしっかりと見たぞ。今さら見ないでと言われても、目を閉じても浮かんでくる。そう言えば、さっき古風なことを言ったんだったな。誰かに強引に抱かれたとしても、悠香さんという女が変わるわけじゃない。汚れたわけでもない。きれいだ」

雅風は悠香に笑みを送ると、頭を太腿のあわいに押し込み、ワレメの中を下から上へと、べっとりと舐め上げた。

「んんっ」

生温かい雅風の舌が敏感な女の器官に触れたとき、悠香は硬直して顎を突き上げ、口を大きく開いた。

「ああ、美味い」

顔を上げた雅風が頰をゆるめた。

「これですっかりきれいにしたから、気後れすることはないんだ。わかったか？」

思いやりのある雅風の言葉が心に染みたが、悠香は二、三度、首を横に振った。

「そうか、まだきれいになってないか」

ふたたび太腿のつけ根に頭を押し込んだ雅風は、肉マンジュウの合わせ目を舌で左右にくつろげると、舌先でパールピンクの粘膜をくすぐりはじめた。

「はああっ……ああう」

恥ずかしさと心地よさに、悠香は喘ぎながらずりあがろうとした。

「あう……」

聖水口への舌戯がはじまり、悠香の躰から力が抜けていった。

初めて亡くなった英慈に聖水口を口で愛でられたとき、悠香はどこに触れられているのかわからなかった。今まで知らなかった不思議な快感が、指先や髪の毛の生え際にまで広がっていった。

春のやさしい日が射す池に小石を投げると、漣《さざなみ》がゆったりと輪を広げていく。そんな感覚に近かった。肉のマメを口で愛されるときも心地いいが、それとはまったく別の感覚だった。切なくなる。心地よさに泣きたくなる。

十年以上、雅風の弟子として出入りしていただけに、今日、突然、こんなことになり、まだ恥ずかしくてならない。昨夜、慎介に強引に押し倒されて関係を結んでしまったときのように、今も服を来たままショーツだけ脱がされ、下腹部だけ剝かれている。素裸のときより淫らだ。

英慈と結婚してまもなく、初めて婦人科に行った日のことが脳裏を過ぎった。

医師に、診てみてましょう、と軽く言われたが、看護師にショーツだけ脱ぐように言われたときは動悸がした。

次に、内診台に乗って足台に足を載せるように言われたとき、今まで見たこともない女の秘部を診るために作られた台に愕然とした。

ひとときのためらいも、どうぞ、という看護師の言葉に断ち切られ、内診台に乗らなければならなくなった。躰を載せても太腿を開くことができず、もぞもぞとした。それも、看護師のさばさばした事務的な口調で、次へと進まなければならなくなった。

左右の足台に踵《かかと》を載せるとき、滑稽《こっけい》なほど脚が震えた。今まで、そんなに大きく広げたことはないと思うほど秘園は破廉恥に開き、露骨に剝かれた秘部は空に浮いていた。

見せなければならないところをスカートで隠そうとすると、ちょっと失礼しますねと、看護師が臍の上までさっと捲り上げた。

そこに医師がやってきた。

初めての相手、しかも異性の医者に秘所を見せる羞恥に、悠香はじっとりと汗ばみ、拳《こぶし》を握った。

力を抜いてくださいと、医者は金属のクスコを女壺に挿入した。人肌に暖めてあるとはいえ、肉茎しか入ったことがない女壺に異物が入り込む感覚と、それが夫以外の男の手によって看護師も見ている前での行為だけに、悠香は恥ずかしい時間が一時も早く終わるのを祈るしかなかった。

内診台を下りて医師の待つデスクの前に座ったとき、羞恥で顔を上げられなかった。待合室に出て診察代を払うときも、ずっと視線を落としていた。

そんな十年以上も前の光景が、なぜ不意に脳裏を過ぎったのかわからない。雅風に聖水口を舌で愛でられながら、下腹部だけ晒している情景が似ているのを思い出したからだろうか。

「そこは……あん」

心地よさに力の抜けてしまった悠香は、下腹部に埋もれている白髪交じりのふさふさとした雅風の頭を見つめながら、悩ましい表情を浮かべて喘ぎ続けた。

とろとろと躰が溶けている気がする。悠香の快感を受け止めているのか、雅風は他の所に舌を持っていかず、ゼリー菓子のような目立たない女の聖水口だけをやさしく愛撫している。

どうにでもしてと言いたくなる。恥ずかしさより快感が勝り、悠香は押し上げられた脚を戻そうともせず、甘い喘ぎを洩らした。

「ここが好きか」

顔を上げた雅風に訊かれ、困惑した悠香は、また羞恥にまみれ、汗を滲ませた。

「女はどこもかしこも性感帯でいいな。鈍感な体質の女もいるだろうが、悠香さんはどこを触っても感じてくれそうだ。この可愛いオシッコの穴も気持ちがいいようで嬉しい。後ろも感じるんだろうな」

雅風の露骨で恥ずかしい言葉に　悠香は胸まで押し上げられている脚をクイと押し、逃げようとした。

「今日はこのくらいでやめておくか。悠香さんの大事な所も見せてもらったし、美味しい蜜の味も堪能したし、私は本望だ。しばらくここに寝泊まりしてくれるのなら、慌てることはないしな」

これで舌戯をやめるらしい雅風に、悠香は中途半端な火照りに身悶えしたくなった。

雅風を師として尊敬し、人としても好意的に見ていただけに、いざこうなってしまうと、この時間が続けばいいと思うようになっている。けれど、はしたない女と思われそうで、続けてとは言えなかった。

継子の慎介に愛を告白され、抱かれ、一方的な思いが恐くて逃げてきたというのに、雅風とすぐにこんなことになってしまった。昨夜からの自分の行為を人が知れば、淫蕩なだけの女と思うだろう。

本当は淫らなだけの女なのかもしれない……。

半端な愛撫に疼き続けている躰を持て余している悠香は、夫を亡くして一年半の間、誰とも交わっていないとはいえ、自分は堪え性のない女だったのだと思った。

大雨で決壊した堤防に似て、溜まりに溜まった欲望が自制心という堤防を破損し、勢いよく流れ出し、流れ出したからには、すぐには止まらない。

「もうやめていいんだな？」

泣きそうな顔をしている悠香に、雅風は脚を押し上げていた手を離し、やさしく訊いた。

だが、答えられない悠香には、意地悪な質問にしか思えなかった。

して、して、して……。

喉元まで出かかっているのに、その言葉は出てこない。

「美味しい蜜をずっと味わっていたい。だけど、悠香さんの色っぽい声を聞いていたら顔を見たくなったんだ。どんな顔をして、いい声を出しているかと」

悠香を抱き起こした雅風は、顔と顔がくっつくほど近づけ、グイと抱き寄せたまま、漆黒の翳りを載せた肉マンジュウを撫でた。

「私のものも歳に似合わず元気になってるが、入れるのはやめておこう。約束したからな。まだしたりないような顔をしているから、続きは指でしてあげよう。もっと大胆になって言いたいことを言えばいいのに、言えないのも悠香さんらしい」

悠香の心を見透かしているようなことを言い、雅風が笑った。

肉茎が変化しているにも拘わらず、雅風は悠香だけを悦ばせるつもりらしい。堪え性のない慎介に比べ、雅風は落ち着いている。ますます雅風への思いがつのった。

翳りを撫でていた手が、下腹部の縦のほころびに入り込んだ。

「あう……」

掠れた喘ぎが洩れた。

「ぬるぬるだ。うんと濡れてくれて嬉しい。指より口でされる方が気持ちがいいかもしれないが、今はだめだ。ずっと顔を見ていたいからな」

雅風の指は、ぬめりをまぶすように女の器官をまさぐった。

鼻から湿った喘ぎが洩れ、悠香はじっとしていることができず、腰をくねらせた。そして、近すぎる雅風の顔が眩《まぶ》しく、目を閉じた。

「可愛い花びらにオマメだ。これを自分の指でいじることもあるんだろう？」

目を閉じたまま、悠香はかっと汗を滲ませた。昨夜も自分で破廉恥なことをした。そうやって一年半、肉の渇きを癒してきた。

「そのうち、悠香さんが自分でしているところを見たい」

悠香は即座にイヤイヤと首を振った。

「あう……」

指が蜜壺へと入り込んだ。奥まで入り込み、ゆっくりと出され、何度か浮き沈みしたが、呆気《あっけ》なく出された指は、また女の器官のぬめついた表面を滑りまわった。そして、口で愛でられていた聖水口にはほとんど触れず、肉のマメを包んでいる細長い包皮を揺すった。

「んふ……ん」

わずかに開いた唇から白い歯が覗き、喘ぐたびに妖しく光った。刻まれた眉間の皺は悩ましく、鼻から洩れる喘ぎは艶めかしかった。

悠香は愛撫の続きに身をゆだねていた。雅風の懐に抱かれ、太い指の繊細な変化による眠たくなるような、それでいてズクズクと疼く心地よさに、ただ喘ぐしかなかった。

肉のマメを遠くから攻めるように、雅風の指は中心に向かって、円を描きながら迫ってくる。もう少しというとき、また遠のき、たまに花びらや秘口の周辺まで滑り、ふたたび戻ってきては肉のマメを遠巻きに愛撫した。

「はあああっ……」

悠香は焦らされ続けて身悶えた。

催促するように、腰をくねっくねっと動かした。

堪えきれずに腰をくねらせる悠香に、雅風が誘惑されることはなかった。

今までよりわずかに強い刺激がほしい。それなのに、雅風は悠香の快感の度合いがわかっているかのように、それ以上の波が襲ってこないような抑えた動きをしている。

もう少しでそのときがやってくる。自分の指で慰めるとき、そのときがくるのを延ばそうとして、わざとゆっくり動くことがある。けれど、やがて焦らし続けることができなくなり、最後のときを迎えるために絶頂に向けての素早く強い動きをしてしまう。

限界に来ているのに、雅風は最後のときを与えてくれそうにない。悠香はさらに腰をくねらせ、快感を求めた。それなのに、雅風は意地悪く、いっそう指の動きをのろくした。そして、肉のマメから遠のき、翳りを載せた肉マンジュウを撫でた。

「して……」

我慢できずに、ついに悠香の唇から催促の言葉が滑り出た。

「して……」

目を開けて、近くにある雅風の目を泣きそうな顔をして見つめた。

「やっとおねだりしてくれたか」

唇をゆるめた雅風に、悠香は思いのままにされているのを知った。

「本当にいい顔をするんだな。少女のようだったり色っぽかったり、悩ましくて仕方がない。してと言ってくれて嬉しかった。いきたいのか」

また悠香は視線を逸らした。

「いきたいと言ってごらん」

「いや……」

「じゃあ、やめるぞ」

「いや」

楽しくて仕方がないというように、また雅風が笑った。

「いい顔を見せてくれたから、いかせてやるか」

雅風はそう言うと、肉のマメを包んだ包皮の上に持っていった指先を丸く動かしたり左右に揺すったりして、間接的に肉のマメを刺激した。

今まではるかに強くなった愛撫に、もどかしくとどまっていた快感が、急速にふくらみはじめた。急上昇していく快感は、悠香の体温を一気に上昇させた。

過呼吸気味になってきた。絶頂を迎える直前、いつも短い呼吸を繰り返しはじめる。

もうすぐ！

そう思ったとき指が止まった。

「いやっ！　して！」

悠香のこれまでにない強い催促に、唇をゆるめた雅風は、指を素早く左右に動かし、包皮越しの肉のマメを揉みしだいた。

「んんっ！」

絶頂の瞬間、いっそう深い皺を眉間に刻んだ悠香は硬直し、顎を突き出し、口を大きく開けた。ぬめった唇が妖しく光った。

法悦を極めて硬直した後、何度も打ち震えた悠香は、力が抜け、雅風の胸に顔を埋めた。

「いい顔だった」

下腹部から手を引いた雅風は、悠香の唇を塞いだ。

激しい絶頂の後でぼんやりしていた悠香は、鼻孔に触れた破廉恥な匂いに我に返った。

指戯の前の口戯で、女の器官全体を舐めまわされ、最後は聖水口を執拗に愛でられた。そのときの下腹部の匂いだ。

英慈にも秘部を口で愛された後に口づけをされ、自分の匂いがしみついた唇の匂いがすぐに鼻孔へと抜けていき、羞恥に火照ったことが何度もあった。

いくら繰り返されても慣れない。まして、雅風から受ける愛撫は今日が初めてで、嫌われないかと不安になった。

「いや……オクチ」

悠香は顔を離して小さな声で言った。

「うん？」

「オクチ……ゆすいで」

雅風がクッと笑った。

「自分の匂いが恥ずかしいのか」

「言わないで……」

悠香は消え入りたかった。

「この匂いがオスを誘惑するんじゃないか。匂いがなかったらオスの楽しみは半減する。この匂いがオスを奮い立たせるんだ」

雅風はそう言うと、悠香の秘園をいじっていた指を自分の鼻に押しつけた。

「あ、だめっ！」

悠香は慌ててその指を握って退けた。

「シャワーを浴びる前にアソコに触《さわ》れてよかった。明日までこの指を洗うのはやめておこう。いい匂いが染みついてるから消すのがもったいない」

「だめ！」

雅風の冗談を本気ととった悠香が、当惑の声を上げた。

「困ったな。この匂いを嗅《か》ぐだけ若返るような気がしてるんだ。貴重な不老の妙薬を捨てるような愚かな者はいないだろう？」

「ね、洗ってきて……」

ますますオスを煽るような表情になっているのに気づかず、悠香は困惑しきった視線を雅風に向けた。

「じゃあ、私の指を洗ってくれないか。でないと」

また雅風はメスの匂いの染みついた指を鼻に近づけようとした。

「だめ……洗います……だから、そんなことしないで。ね、約束して」

「よし、わかった。じゃあ、風呂に行こう」

洗面所で洗えばすむはずが、雅風は兵児帯を解き、着物を脱ぎ、半襦袢《はんじゅばん》姿で浴室に向かった。

悠香はついていくしかなかった。

脱衣場で雅風が裸になるのを見ることができず、悠香は顔を背けていた。

「早く来ないと、また指の匂いを嗅いでしまうかもしれない。服は脱いでおいで」

雅風が浴室に入った。

「まだかな？　ジュースがついたまま下着をつけるつもりはないだろう？」

脱衣場でためらっていた悠香に、雅風が右手の指先をドアの隙間から差し出して見せた。

秘園をいじりまわした指だ。そこに染みついた女園の匂いを破廉恥に嗅がれる羞恥に、悠香はここまでついてきた。

まだためらいはあるが、すでに下腹部を剥かれ、見られ、口と指で愛でられたことを思うと、一糸まとわぬ姿を見せるのに、どんな勇気がいるだろう。

そう自分を鼓舞して服を脱ぎ、ブラジャーを外して浴室に入った。

「やっと来てくれたか。湯を張ってないのが残念だが、ゆっくり入るのは夜にしよう。シャワーを浴びたら昼寝だ。疲れただろう？」

気をやったためと言われているようで、悠香はうつむいた。

「この手をどうする？」

落とした視線は、すぐに雅風の右手へと動いた。さっとその手を取った悠香は湯を出し、猥褻でやさしい指を洗いはじめた。

「残念だな。せっかく香《かぐわ》しい匂いだったのに」

雅風は悠香を故意に恥ずかしがらせて楽しんでいた。

「さて、手を洗ってくれたからには、今度は私が悠香さんを洗ってやらないとな。背中を向けてごらん」

雅風はシャワーを出してノズルを壁に掛けると、悠香の背中をシャボンを泡立てたタオルで撫で、臀部から脚へと下りていった。

「今度は前だ」

「自分で……」

「すぐに言うことを聞かないと、まだ指でアソコをいじることになりそうだ」

悠香は慌てて半回転して雅風と向き合った。

「まるで触られたくないみたいじゃないか。本当はうんと触ってほしいくせに」

雅風が笑った。

「きれいな乳房だ。いい躰をしているな。何もかも完璧だ。こんなものを見てしまったら……いや、何でもない」

雅風が言葉を切った。

慎介のことを言おうとしたのかもしれないと、悠香は現実に戻って不安になった。

「まだオッパイにもお臍にも触ってなかったな。あんなことをしたのに、今、初めて見たんだ。順序が狂ってしまったな」

雅風はいじりまわそうとはせず、泡立てたタオルで淡々と悠香の躰を洗っていった。翳りの上も滑り、太腿から足先まで滑っていった。

「よし、後はここだけだ」

最後になって雅風の指が肉の堤のワレメに入って、女の器官をまさぐった。

「あう……」

「ここの中が一番大事だからな。ここを洗うためにきたんだろう？」

雅風はくねる悠香の腰を引き寄せた。

雅風の指は、肉マンジュウの中を洗うためだけに事務的に動いた。それでも、花びらや肉のマメを包んでいる包皮に触れられると、悠香は感じて切ない声を洩らした。

「だめだな」

雅風が指を止めた。

急にまじめな顔になった雅風に、悠香は何か気に障ることをしてしまったかと不安になった。

「何がだめだかわかるか？」

相変わらずまじめな顔で訊かれ、悠香は心許《こころもと》なげに、ゆっくりと首を振った。

「洗っても洗ってもぬるぬるが出てくる。洗うだけ無駄のようだ」

悠香が羞恥に顔を覆うと、雅風はまじめ腐った顔を崩して笑った。

「一時間も二時間も洗い続けるわけにはいかないから、後は自分で洗っておいで。パジャマ代わりの浴衣を用意しておくから」

雅風が出て行った。

ひとりになったことでほっとするはずが、秘芯に指を這わせ、それ以上のことをしなかった雅風に、何か物足りなさを感じた。

昨夜の慎介とのことや、さっきまで雅風に指や口で愛されたことを思うと、やはり自分は際限なく肉欲を貪《むさぼ》る女ではないかと思えてならなかった。

浴室の鏡に、若いときより丸みを帯びて女らしくなった総身を映した。そして、いつもやさしいまなざしを注いでくれた亡き英慈を思った。

あれは、いつ頃だっただろう。乳房に触れた英慈は、前より大きくなったと言い、臀部に触れて、少女ではなく大人の腰になってきたと笑みを浮かべた。

大学の講義を受けていた悠香は少女のようだったが、徐々に熟して、今は立派な女になったとも言った。

卒業してすぐに英慈の後妻になった悠香は、それなら、少女に結婚を申し込んだのかと言ってみた。

『後でまちがいなく色っぽい女になると思っていた。芋虫がさなぎになって美しい蝶に変身するように、そのすべてをひとりで観察したかったんだ。私の目に狂いはなかった。こんなにきれいな蝶になったんだからな』

英慈は本気か冗談かわからないような笑みを浮かべながら言った。

蝶になったのを見たからもういいの？　蝶は蝶でも、さなぎから抜け出したばかり。まだ羽も濡れていて飛び立てないわ……どうして飛び立つまで見ていてくれなかったの……あなたがいなくなったから、息子と信じていた慎介さんが……そして、あなたがいなくなったから先生を……。

悠香は彼岸の英慈に向かって呟《つぶや》くと、シャワーのノズルを取って、熱いしぶきを乳房に掛けた。それから、漆黒の翳りを載せた肉マンジュウに向けた。丘陵に掛けた後、ワレメをくつろげ、ぬめった女の器官を洗い流そうとした。だが、感じすぎて快感を通り越し、悠香の口から短い声が洩れた。

悠香は慌てて水流を下腹部から離した。

浴室を出ると、脱衣場に薄墨色地に白百合を描いた浴衣が用意されていた。亡き妻のものだろうが、まるで新品のようだ。

ここで脱いだ服とブラジャーは消えている。恥ずかしさに困惑したが、下穿きをつけないまま浴衣を着て和室に行くと、座卓がやや動かされ、布団が敷かれていた。はっとした。

「疲れてるんだろう？　ちょっとお休み。いつまで寝ていてもいいんだ。疲れを取るには寝るのがいちばんだ。悪さはしないから」

入浴前と同じ着物に兵児帯の雅風が、穏やかな笑みを向けた。

「あの……私の服は……？」

悠香は遠慮がちに訊いた。

「汗ばんだものは乾かしてからつける方がいい。それに、裸で寝るのが一番気持ちがいい。浴衣だけでいいだろう？」

ショーツを穿きたいとは口にできなかった。

「それにしても、よく似合う」

「これ……奥様のものですね？」

「女房が縫ったもので新品だ」

「そんな大事なもの……」

「大事なものだから着せる気になったんじゃないか。女房も悠香さんのことは気に入っていた。着てもらって喜んでるだろう」

「文子さんに悪いわ……」

キッチンあたりを少し片づけで帰っていった、雅風の娘の顔が浮かんだ。

「女房は文子に浴衣だけじゃなく、着物も何枚か縫ってやってる。だから、いいんだ。休みなさい。それとも、もう少し呑むか？　すっかり酔いが醒めてしまったようじゃないか」

「もう少しだけいただいて……ほんの少し……そこの残りを……そしたら休みます」

雅風はガラスの徳利に残っていた酒を、悠香のお猪口に注いだ。それで空になった。

悠香はすでに常温になっている酒を、睡眠薬の代わりになるかと、キュッと空けた。

そのとき、床の間の横の電話の子機が鳴った。

「電話は便利なものの、煩《うるさ》くて適《かな》わないな。いや、悠香さんからの電話ならいつでも歓迎だが、相手次第で嬉しかったり煩わしかったり。妙な勧誘だったら腹が立つ」

雅風はそう言いながら、鳴り続ける電話を取った。

「はい……えっ？　ああ、悠香さんの……いいえ……わかりました。ええ、そのときは」

雅風は普通に話して電話を切った。

「慎介君からだ」

「えっ……」

悠香は喉を鳴らした。

「悠香さんが来ていないかと訊かれた」

「どうして……どうしてここの番号を……」

悠香は怯《おび》えた。

「急用ができて探していると言っていた。家には電話番号を書いたメモぐらい置いてるだろう？　必死になって居場所を探してるようだな」

ここに電話してきただけでなく、部屋をゴソゴソと探しまわっている慎介を想像すると、悠香は落ち着かなくなった。

「帰らないと……でも」

家の中を引っ掻きまわしている慎介が脳裏に浮かび、悠香は居ても立ってもいられなくなった。下着を入れた抽斗まで開けているのではないかと、いたたまれなかった。

「帰ってどうにかなるなら帰りなさいと言いたいが、慎介君は今は冷静ではないだろうし。まずは休んで疲れを取るのが大切だ」

雅風は落ち着いているが、こんなときに眠れるはずがない。

悠香はバッグの底に押し込んでいるケイタイのことを思い出した。マナーモードにしていても、それでも気になって、いちばん奥へと押し込んだ。

悠香はバッグに手を伸ばすと、ケイタイを出した。着信履歴に慎介の番号がずらりと並んでいる。何十回もかけているのがわかった。

「かけてみるか？　今、ここに着いたと言ってもいい。そして、ここに来てもらってもかまわない。私が間に入ってもいい」

ケイタイを見つめて落ち着きをなくしている悠香に、雅風が静かな声で言った。

悠香は迷った。慎介とコンタクトを取らなくていいなら、どんなに穏やかになれるだろう。けれど、このままでは終わらない。

「いずれ決着はつけないといけない。すぐに決着がつかなくても、ともかく話してみるのもいい。それとも放っておくか？」

話してわかるぐらいなら、とうに話している。しかし、放っておくわけにもいかない。悠香は深呼吸して、慎介に電話した。

「継母さんはきれいだから、よからぬ奴に拉致されたんじゃないかと心配してたんだぞ」

電話を取った慎介は、いきなりそう言った。

「今、どこにいるんだ」

「書道の先生のところに着いたばかり。先生のお手伝いがあるから、今夜は遅くなるわ。娘さんがいらして、泊まっていってもいいと言ってくださってるし、そうするかもしれないわ。だから、そのつもりでいて」

「継母さんに会いたくて、わざわざ上海から戻ってきたというのに、今夜はひとりで休めと言うのか？」

「そうよ。これからも」

悠香は強気で本心を伝えたつもりだった。

「電話しても取ってくれないから、箪笥《たんす》の中のショーツやブラジャーを出して眺めてたけど、それじゃ物足りなくて、久しぶりに洗濯機に入ってた下着を出して、継母さんの匂いを嗅いでるんだ。クラクラする。だけど、所詮、継母さんのつけていたものでしかないからな。継母さんそのものが欲しい。昨日の継母さん、最高だった」

「変なことはやめて……」

強気でいくつもりが、箪笥に仕舞っている下着を勝手に触り、昨日着けていた汚れた下着まで手にしていると知ると、悠香は動揺し、懇願するような口調になった。

「継母さんが戻ってくれれば下着なんかどうでもいいんだ。戻ってくるんだろう？」

悠香の恥じらいを知っての上で、駆け引きのつもりだろうか。まるで脅迫だった。

「先生のお手伝いをする約束をしたの。だから、今、戻るわけにはいかないわ。私のことは忘れて上海に戻って」

悠香はそう言ってケイタイを切った。そして、また、バッグの奥に押し込んだ。

「それじゃあ、慎介君は納得しないな。まあ、今は会いたくないのなら、それもいい。眠れないかもしれないが、ともかく布団に入って目を閉じることだ。目が覚めたら女房の着物に着替えるといい。用意しておくから」

雅風が和室から出て行った。

眠れないのはわかっていたが、悠香は布団に横になった。これから慎介とはどうなるのだろう。そして、雅風とはどうなるのだろう。慎介を男として見ることはできないが、雅風には心惹かれている。それでも、この現実がある限り、雅風は悠香との距離を取るようになるかもしれない。悪い方にばかり思いが巡った。

どのくらい経っただろう。目を閉じていると、着物や足袋を入れた乱れ箱を両手に抱えた雅風が、足音を忍ばせてやってきた。そして、布団の枕元にそれを置くと、そっと引き返そうとした。

「先生……」

目を開けた悠香は、雅風が和室から出て行く前にと、遠慮がちに声を掛けた。

「すまん。起こしてしまったか」

「目を閉じていただけ……」

「眠れないか」

悠香はコクリと頷いた。

「子守歌でも歌ってやりたいが、よけい眠れなくなるだろうな」

雅風は自分の冗談がおかしかったらしく、ククッと笑った。

「ここにいて……」

「ここにいたら悪さをするかもしれないぞ。こんなふうに」

さっと布団を捲った雅風は、そのまま悠香の横に潜り込んだ。

雅風の躰から、風呂上がりの石鹸の香りだけでなく、着物に染みついていた男の香りも広がった。心地よい香りだった。

「何もしないと言いたいが、せっかくきれいに洗ったんだ。ちょっとだけ触ってみるか」

浴衣の中に手が入り、すぐに肉マンジュウの中に潜り込んで、女の器官を探るように動いていった。

「んふ……」

悠香の腰がくねった。

「風呂でぬるぬるがいっぱい出たんだったな。このままより、一度いってからの方が眠れるか？」

コクッと頷いた悠香は、恥ずかしさに雅風の胸に顔を埋めた。

「一年半も男がいなかったのなら、うんと欲しくもなるな。それが当たり前だ。それでいて、強引にされて満足できるものじゃないしな」

雅風は肉のマメを包んでいる包皮を、丸く揉みほぐしはじめた。

雅風は、また指だけで極めさせようとしている……。

それがわかると、悠香は雅風の手首を握って秘園から離した。

「うん？　いやか？　もういいのか？　してくれと言ったんじゃないのか？」

悠香は黙って雅風の下腹部に手を伸ばした。肉茎は硬さを失っている。

「それが欲しいか。その気になれば、すぐに大きくなる。だけど、夜にゆっくりだ。今してしまったら、夜にもう一度できるかどうかわからないからな。悠香さんとだったらできる気もするが、六十七ともなると、さすがに若者のような元気はなくなる。だから、指や口でサービスしてしまう」

「ごめんなさい……」

無理なことをせがんでしまったのかもしれないと、悠香は泣きたくなった。自分のことばかり考えてしまう。

強引に慎介に抱かれ、心も躰も傷ついたはずが、今日は雅風に指や口で愛され、そのやさしさに癒されたというのに、まだ求めている。急に淫乱になった気がして戸惑うばかりだ。

「大人のオモチャは使われたことがあるか？」

雅風の口から、そんな言葉が出てくるとは思わなかっただけに、悠香は胸に顔を埋めたまま、耳朶を真っ赤に染めて首を振った。

「ご主人は五十過ぎても元気だったようだな。まだ五十過ぎだったと言うべきだな。そうか、大人のオモチャはまだ使われたことがなかったか。思い出したことがある。ちょっと待っててごらん」

床を抜け出した雅風が、部屋から出て行った。

戻ってきたときは、長方形の箱を持っていた。

「悠香さんみたいなまじめな弟子だけでなく、悪い弟子もいてな」

雅風はそう言って唇をゆるめると、箱を開け、中のものを出した。

「あ……」

悠香の唇から、思わず驚きの声が洩れた。

初めて見る破廉恥な道具だった。肉茎の形をしたそれは、肌の色よりやや淡いピンク色をしており、漲った男の器官そのものの形をしていた。悠香の知っている肉茎よりわずかに太く、肉笠は張り、見ているだけで恥ずかしく、何度も喉が鳴った。

「女房が亡くなって一年ほどして、悪い弟子がこれを持ってやってきたんだ。先生はまだ現役とは思いますが、そろそろこんなものも使うといいんじゃないかと思いましてと言ってな。つまり、まだまだ女を相手にしなくちゃだめだと言いたかったらしい。こんなものは無用だと言ってみたものの、せっかく先生のために買ってきたんだからと、置いていった。捨てなくてよかった。これのことを思い出して、悠香さんに使いたくなった」

悠香の手を取った雅風は、強引に淫具を握らせようとした。

「あう！」

ピンク色の淫具の感触があまりに本物と似通っていただけに、やんわりとした感触に触れたとたん、悠香は声を上げてオモチャを落とした。激しい動悸がしていた。

「似てるだろう？　びっくりしたのか」

布団の上の淫具を拾った雅風は、息を弾ませている悠香を見て笑った。

「昔は象牙や木で作られたものばかりだったんだろうが、今はこんなにいいものがある。シリコンも精巧になった。これならアソコが傷つくこともないし、私のものよりよっぽど立派だから、悠香さんも気に入るはずだ」

「いや……」

淫らな気持ちに、いっそう妖しい火がついた。それでも、素直に嬉しさを表せば嫌われるようで、悠香はうつぶせになって顔をシーツに押しつけた。

「どうも、本当にいやとは思えないな」

「いや……」

「どれ、試してみればわかる」

布団を剝がれ、白百合の描かれた浴衣を捲って尻を丸出しにされ、悠香は慌てた。それだけで恥ずかしさに身悶えた。

「可愛いのに色っぽいお尻だ。美味そうで歯を当てたくなる」

剝き出しの尻を撫でられ、悠香は豊臀を左右にくねらせた。

「膝を立てて四つん這いになってごらん」

「いや……」

雅風が破廉恥な要求を出すだけで躰が熱くなる。悠香は心と裏腹に、また拒絶した。

「じゃあ、仰向けになるか？　太いのを入れてもらいたいんだろう？　この格好じゃ無理だぞ」

やめると言われれば落胆する。それでも、素直になるのもつまらない。慎介からは強引にされて傷ついているというのに、雅風には強引にしてもらいたい。それは、雅風を信頼しているだけではなく、愛情を感じ始めているからだ。亡くなった英慈のように、雅風にならば甘えられる気がしてきた。

「動かないのか？　このまま寝るか？　じゃあ、こいつは夜の楽しみだな。さあ、寝ていいぞ。もう邪魔しないから」

雅風のやさしい言葉も意地悪く聞こえた。やさしさを装って意地悪をしているのだとしか思えなかった。

シテと言えず、そんな自分の依怙地なところと、雅風の意地悪さを恨んだ。それでも、自分の方が素直でないとわかっているだけに、雅風が次に何か言えば、そのときは同意しようと思った。だが、雅風は悠香の思い通りにはならなかった。

「夕方になったら起こしてやろう。ゆっくりお休み」

官能の炎に火を点けておきながら、中途半端なままにするつもりらしい。

「嫌い！」

悠香はそう言うと、うつぶせのまま手を伸ばして布団を被った。

拗ねて布団を被った悠香だが、すぐに雅風に布団を剝がれ、内心、ほっとした。それでも、うつぶせて横に向けている顔はいじけたままだった。

「悠香さん……あんまり可愛くて、この歳でおかしくなりそうだ。色っぽいのに子供のようで、今まで知らなかったこんな悠香さんを見てしまったら、これから悠香さんがいないと……」

そう言って言葉を切った雅風は、溜息をついた。

「慎介君の気持ちもわからないではないな……悠香さんと暮らしていたんじゃ、いろんな面を見るにつけ、惚れてしまうのは当然だ。悠香さんは可愛すぎる。それでいて、色っぽい。こんな女はめったにいやしない」

「慎介さんのことを……そんなふうに言わないで」

火照っていた悠香の躰が、一瞬にして冷めていった。躰をゆっくりと仰向けながら、悠香は眉間に小さな皺を寄せた。

いくら好きになったからとはいえ、自分の意志だけで行動し、相手のことを考えない慎介の行為はストーカーと同じで、犯罪や暴力でしかない。

「悠香さんの気持ちがいちばん大切だ。それはよくわかってる。悠香さんの気持ちを無視して自分の思いどおりにしようというのは未熟な考えだ。それがわかった上で、悠香さんの魅力を知ってしまったら、男は参ってしまうと言いたかっただけだ。今まで見ることができなかった別の顔を見てしまって、私も虜になってしまった。他の男には悠香さんの隠れた姿は見せたくない」

　雅風は手にしたピンク色のいかがわしいオモチャを、悠香の顔の前に突き出した。

「入れてあげるから、これを本物と思って舐めてごらん」

　また悠香の総身が熱くなった。

「いや……」

「またいやか。このまま入れると痛いかもしれないぞ。濡れてる方が入れやすいし痛くない。さあ、どうする？」

　猥褻な気持ちからそんなことをさせるのだと思っていたが、別の意味があったのだ。

「ほら、ナメナメしてごらん。私のものと思ってやさしくするんだぞ」

　淫具の亀頭を唇のところに持ってこられ、悠香の鼓動がドクドクと鳴った。ためらいがちに、ちろっと赤い舌先を出した。けれど、あまりに男のものとそっくりな感触にギョッとして、すぐに舌を引っ込めた。

「まるで私のものを舐められたような気がして、アソコがズンと疼いた」

　雅風が笑った。

「先っちょだけじゃなく、全部を食べて濡らしてくれないと入れられないぞ」

淫具はかすかに開いていた悠香の唇のあわいに入り込むと、グイと押し込まれた。

口の中に入り込んだ淫具に、悠香の心臓は胸からはみ出しそうなほど高鳴った。肉茎そっくりな形だけでなく、感触まで男のもののようだ。似ているだけ、舌で触れるのが恐い。

「じっとしていたんじゃ、大きくならないぞ。もっと大きくしたいなら、うんと舐めないと」

雅風の言葉に、大人のオモチャを初めて知った悠香は、一瞬、本気にした。そのあとで、雅風がおかしそうに笑っているのを見て、冗談だと知った。

「自分で握ってナメナメするか？」

悠香は肉茎を咥えたまま、慌てて首を横に振った。

雅風がゆっくりと淫具を出し入れした。悠香はこわごわ側面を舌先で舐めた。

「美味いか？　これがアソコに入るんだから、うんと舐めておかないとな」

何と淫らなことをしているのだろう……。

そう意識した悠香は、雅風はこんなに淫猥な男だったのだろうかと、ふっと思った。まじめなだけの師と思っていた。同じように、雅風も十年以上悠香に書を教えていながら、まじめな人妻としか思っていなかっただろう。

男と女は心が通い合うと、淫らな姿を晒すようになるのだろうか。信頼関係がなければ、本当の自分を隠し、すました顔で向かい合うのだろうか。

慎介のことは受け入れられないが、それがきっかけで雅風と親密な関係になろうとしている。それを思うと、災いだと思っていたことが本当に不幸なできごとだったのだろうかと思えてくる。

「可愛い唇なのに、今、とびっきりいやらしいのが不思議だ。悠香さんに舐められていると、このオモチャが本当にムクムクと成長してくるような気がしてきた。これ以上大きくなったら、悠香さんの愛らしいアソコには入らないかもしれない」

淫具の形だけ丸くなっている唇は、悠香が上品な顔をしているだけ、猥褻さが際立っている。

悠香は恥ずかしさに舌の動きを止め、鼻から湿った息をこぼした。どこに視線をやっていいかわからず、イヤイヤと首を振った。

「そうか、ナメナメはもういやか。ナメナメより、下の口でこれを頬張りたいのか」

雅風は勝手に猥褻なことばかり口にする。けれど、おぞましい感じはせず、官能の炎を激しく燃え立たせるばかりだ。

淫具が引かれ、口から離れた。

「初めて私が悠香さんのアソコにオモチャを入れるんだな。光栄だ。アンヨを大きく開いてくれないか」

「だめ……」

初めての淫らな体験を前に昂ぶりながらも、悠香は膝を固く合わせた。それでも、先ほどうつぶせになっていたとき、尻が丸出しになるほど浴衣を捲り上げられたこともあり、仰向けになっても裾は乱れきっていた。

「早く入れないと、せっかくナメナメしてくれたのに乾いてしまうぞ」

膝をつけた悠香に、雅風は手にしている淫具を見せつけた。それでも悠香は固く太腿を合わせたままだった。

「これを舐める悠香さんを見たかったから口に押し込んだが、そんなことをさせなくてもアソコが濡れてるのはわかってるんだ。早く入れてほしくて、洩らしたように濡れてるはずだ」

雅風の自信たっぷりの言葉に、悠香はますます膝を固く合わせて首を振った。

「うんと濡れてるなら、こんなに太いものでも、つるりと呑み込んでしまうかもしれない」

ふふと笑った雅風は、悠香の膝の間に自分の片膝を入れて隙間を作ると、一気に躰を押し込んだ。

「あっ……」

悠香は両手で肉マンジュウのワレメを覆った。隠すのは雅風の行為を拒んでいるからではなく、性愛の儀式や前戯のようなものだ。

「手はそこじゃないだろう。邪魔な手はくくってもいいんだぞ」

悠香は慌てて手を退けた。

「やっぱり、ぬるぬるがいっぱいじゃないか。悠香さんは本当にいやらしい女だ。オモチャがほしくて濡れるとはな。こんなことをやってると、すぐに夜になりそうだ。今は入れるだけだ。いかせてやるが、続きは一眠りしてからだぞ」

前置きをした雅風は、肉マンジュウをくつろげ、銀色の蜜をしたたらせている秘口に淫具の先を押しつけた。

「あん……」

悠香の濡れ光った妖しい唇から、期待と恐れの入り混じった甘やかな喘ぎが洩れた。

「この味を知ってしまったら、私のものなど必要なくなるかもしれないな。それも困るが」

ゆっくりと捻《ねじ》るようにして淫具が花壺の奥へと押し込まれていった。

「あはあ……」

膣ヒダを押し広げて沈んでいく異物の感触の心地よさに、悠香の総身から力が抜けていった。

「こんなにすんなりと入るとは思わなかった。指一本さえ締めつけてくるほど締まっているのに、よっぽどこのオモチャは美味いらしいな。アソコがいっぱい涎を垂らしてる。シーツに、もうシミができてしまった」

雅風は奥まで沈めた淫具をゆっくりと引き出し、また沈めた。

「はあああっ……」

慎介の強引な行為とちがい、たとえ異物であっても、雅風のゆったりした動きによって、子宮まで疼くような悦楽の波が広がっていく。

まだ雅風のものは悠香を貫いていないが、いかがわしい淫具の出し入れだけで満足だった。雅風とひとつになるのを望むようになっているが、淫らな道具で玩ばれていると思うと、それだけで今まで知らなかった世界に入り込んだような奇妙な感覚にとらわれた。

淫具の動きはゆっくりだが、奥まで沈んだものが引き出されるとき、密閉された蜜壺が真空状態になるような気がした。奥まで沈むときは淫具との接触で、膣ヒダからズクリとした疼きが広がっていく。

未亡人になって、いくら望んでも求めることができなかった快感だけに、悠香は切ないほどうっとりとした。

「いいか？」

「いい……いいの」

悠香は足指を擦り合わせながら、すすり泣いているような声で答えた。

「いい顔だ。このオモチャに嫉妬したくなる」

雅風はそう言いながら、そのうち、女壺の中を行ったり来たり単純に動かしていた淫具を、くねらせたり、Gスポットのあたりを肉笠で擦ったりした。

「んふ……あは……」

悠香の喘ぎにも甘やかさが増してきた。

蜜がどんどん溢れてくる。最初は密閉されていた花壺のはずが、徐々にヌチャッ、ネチャッ……と、破廉恥な抽送音を出すようになった。悠香は羞恥に汗ばみ、身悶えた。

「女は幸せだな。男とちがう快感がある。いつまでも長続きするのが羨《うらや》ましい。だけど、続きは夜だ。私のものを入れたくてたまらなくなった。一眠りして元気を溜め込んでおくことにしよう」

恥ずかしい音に逃げたくなっていたが、淫具を抜かれるかもしれないと思うと、心地よいだけに未練がつのった。

「そろそろいってごらん。夜はもっとゆっくりしてあげるから」

奥まで淫具を沈めたまま、雅風の指は肉のマメを包んでいる包皮を丸く揉みほぐし始めた。

蜜壺一杯に淫具を咥え込んだまま敏感な女の器官をいじられ、肉のサヤだけをいじられるより快感が大きかった。

「いけそうだな。オマメもぬるぬるだ。そろそろか？　オマメをいじっていると私も気持ちがよくなる。おお、いい気持ちだ」

雅風の指先の動きがいっそう速くなり、サヤ越しに、肉のマメを激しく揺らした。

「い、いきます……くううっ！」

頂点に達して反り返り硬直した悠香の躰が、次にガクガクと痙攣《けいれん》した。口を半開きにして眉間に悦楽の皺を刻んだ艶やかな女の姿に、雅風は瞬きを忘れて見入っていた。

淫具を握っていた手が離れた。花壺の奥まで沈んでいた異物は、絶頂の波で収縮する肉ヒダに押し出され、秘口からぽろりと落ちた。

蜜にまぶされた淫具は、湯気を立てて、ねっとりと光っている。それを手にして鼻先に持っていった雅風に、悠香は小さな声で、ばか……と呟くように言ったものの、すぐに目を閉じた。

雅風にやさしく抱き寄せられ、胸の中に顔を埋めると、絶頂の疲れもあり、悠香はすぐに眠りの底に沈んでいった。

三章　色香

目が覚めた。

いつもとちがう天井に、悠香は困惑した。半身を起こし、慌てて周囲を見まわし、書道の師、緒方雅風の屋敷の一室と気づいた。

十年間、師と弟子の関係でしかなかったというのに、慎介のことがきっかけで、近しい関係になってしまった。

まだひとつにはなっていない。けれど、それ以上に深い関係になってしまったような気がしている。

指や口だけでなく、生まれて初めて淫らな玩具を使われた。肉茎の感触とそっくりのシリコンでできたそれは、亡くなった夫や慎介のものより太く、出し入れされると全身に疼きが広がっていった。

それだけでも喘ぎを洩らさずにはいられなかったというのに、雅風は淫具を花壺に入れたまま、指で肉のマメを揉みほぐし、悠香を激しい絶頂に導いた。

法悦の余韻がまだ残っているとき雅風に抱き寄せられたのはうっすら覚えているが、そこからの記憶がない。そのまま眠ってしまったらしい。

乱れた浴衣の胸元を掻き寄せた悠香は、次に裾を直そうとして、ショーツを穿いていないのに気づいて汗ばんだ。

ことが終わって眠ってしまった女にショーツを穿かせる男などいないだろうが、そんな恥ずかしい格好で眠っていたと思うと、顔が火照った。

振り返った悠香は、着物を入れた枕元の乱れ箱に気づいた。

家を飛び出してきた悠香が着ている服を気にしているのを知った雅風が、亡き妻、孝子のものを用意してくれた。娘の文子も、母の着物もちょうどいいんじゃないかしら。似合いそうなものに着替えていただいたら？　ねえ、お父さん、と言った。

そんな大切なものをと迷ったが、悠香が着てきた服はこの部屋にない。着物を借りるしかないが、その前にショーツを穿きたかった。だが、見あたらない。布団の中を探したが、やはりなかった。

ショーツを脱いだときのことを思い出そうとし、浴室に行くときは、すでに脱がされていたのに気づいた。浴室から出ると、脱いだ服も消え、代わりに白百合の描かれた浴衣が用意されていた。だから、悠香はそれを着て、この部屋に戻ってきた。部屋にも脱いだ服は見あたらず、雅風に訊くと、乾かしているからと言われ、それ以上訊けなかった。

湯文字がショーツの代わりなので、着物のときは穿かないという者もいる。けれど、悠香は和服を着慣れているとはいえ、ショーツなしで外を歩いたことはない。腰はきちんと包んでいないと心許なかった。

旅行でもなく、替えの下着を用意してきていない悠香は、ひととき途方に暮れた。

雅風はどこにいるのだろう。今日は稽古日でもなく、屋敷は静まり返っている。

床の間に置かれた小さな置き時計は四時を指していた。呆れるほど眠ったことに悠香は啞然とした。

慎介の眠っているのを確かめて、逃げるように家を出たのは八時過ぎだった。喫茶店で朝食を食べて時間を過ごし、雅風の屋敷に着いたのは十時過ぎだっただろうか。

午前中から雅風と酒を呑みはじめ、酔いのせいで恥ずかしいことを口にしてしまった。慎介に抱かれたことも告白した。いつしか雅風の愛撫を受けていた。

こうして夢も見ないほど熟睡し、たっぷりと睡眠を取って目覚めてみると、思い出すすべてが恥ずかしくてならない。

雅風のやさしい指や口の感触。最後に使われた破廉恥な淫具……。

生々しい現実に動悸がし、困惑した。男と女はこんなにも容易に、ある日突然、垣根を取り払って男女の仲になれるものだろうか。

ここに通うようになって十年以上、雅風の温厚な人柄と書の腕前は尊敬していたものの、こんなことになるとは予想もしていなかった。

女園を口で愛され、花壺に淫具を入れられたことを思い出すと動悸がし、漣が広がっていくように下腹部が疼いた。

雅風の屋敷に来て数時間しか経っていない。そんな短い間に雅風を愛してしまった。師から異性へと変わってしまった雅風に、悠香の気持ちは昂ぶり、切なくなった。

悠香は、そっと障子を開けて廊下を窺った。やはり静かだ。

雅風に力を認められ、生徒にも教えることがある悠香は、長年通っている屋敷の間取りはわかっていた。しかし、雅風を探して屋敷を歩くのもはばかられ、また障子を閉め、用意された亡き妻の着物を着てみることにした。

化粧もしないで家を出てきた。それどころか顔も洗わずに家を飛び出し、駅の洗面所で口紅だけ塗った。そんな姿を雅風に晒すのは初めてで引け目を感じていた。雅風は素顔も新鮮でいいし、洋服もいいと言ってくれたが、きれいな自分を見せたかった。

結婚して今まで、英慈以外の男のためにお洒落《しゃれ》をしようと思ったことはない。だが、今は薄化粧もし、用意された着物をきっちりと着こなし、雅風の前に立ちたかった。

もう一度顔を洗いたいが、部屋から出るのは気が引け、バッグに入っている小さなクリームを塗り、ファンデーションをつけ、ほとんど褪《あ》せている口紅を塗った。それから、髪を上げ、乱れ箱の中のものを出した。

足袋だけでなく、湯文字や長襦袢も新品同様だ。薄いブルーの着物は結城のようだ。帯は同じ系統の色で、やや濃いもので、太い薄茶と細い黒の縦縞が入っている。帯締めは黒に赤と黄と緑の模様が入ったもので、雅風の亡き妻の粋な和服姿を思い出させる逸品ばかりだ。

おとなしい着物ばかりを着てきた悠香にとって、粋な着物は冒険だ。似合わなかったらどうしようと不安になった。

着つけるときになり、部屋の隅にある折りたたみ式の背丈ほどの姿見が休むときにはなかったのを思い出し、悠香が眠った後、雅風が用意してくれたのだと知った。また切ないほどの愛しさがこみ上げた。

ショーツがないので下半身が頼りないが、湯文字をつけ、襦袢をつけ、いつもより慎重に着つけていった。

結城は軽く、帯も気持ちがいいほどよく締まった。帯締めの黒が全体を引き締め、想像以上の粋な組み合わせに驚いた。

鏡に映った悠香は、いつもの自分ではなかった。凛とした女に見える。白っぽい長襦袢をつけたときまでは、どこかしら心細げだったというのに、今は垢抜《あかぬ》けて小粋な女のようだ。しばらく鏡に見入っていた悠香は、うなじの髪は乱れていないか、帯は歪んでいないかと躰をひねって調べ、また全身を正面から眺めてみた。やはり今までの自分とちがう。

最初は着物のせいだと思ったが、もしかして、慎介に抱かれ、雅風に愛でられたせいではないかと思うようになった。忘れたい慎介の姿が否が応にも脳裏に浮かび、悠香は眉間に小さな皺を寄せた。

足音がした。

「起きてるのか？」

眠っているのなら起こさないようにという配慮か、雅風は声をひそめていた。

「どうぞ」

ひととき思い浮かべた慎介の姿が消え、寝入る前まで雅風にされた恥ずかしいことを思い出した。

「失礼するよ」

障子が開き、悠香を一目見た雅風は、おう、と感嘆の声を洩らした。

「こんなに似合うとは思わなかった……粋なのもいいじゃないか。別人のようだ」

また雅風が唸《うな》った。

「着物も帯も高価なもののようですから……こんなに立派な奥様のものをお借りしてしまって申し訳ありません」

雅風に誉められた嬉しさがこみ上げたが、何とか平静を装った。

「料亭の女将《おかみ》さんか……いや、バーのママかな。店をやると、絶対にはやる」

「そんな……」

料亭やバーなど、考えてみたこともない別世界の仕事だ。そんなことを言われだけで、知らない世界に飛び出すような不思議な感覚を覚えた。

「女房の着物なのに、悠香さんが着ると別物だ。面白いものだな。女房が着ていたときと、まったく雰囲気がちがう」

雅風は悠香の周囲をまわり、四方から眺め、また感嘆の声を洩らした。

「匂い立つとはこういうことか」

視線を向けられているだけで、悠香の方が噎せそうになった。

「鏡で自分の姿をじっくり見たのか？　よく見てごらん。こんなにきれいだ」

鏡に背を向ける格好になっていた悠香を、雅風が肩先に手をやって回転させた。

「そういえば、こうやって、こんなに近くでじっくりと悠香さんを眺めたことはなかった。うなじが何とも色っぽい。小さい子や初心者になら、背後から筆を持った手を取って教えもするし、うなじも見えるが、悠香さんのような実力者になると、そんなことをするのは不自然だからな」

　また背後にまわった雅風が、そっとうなじに息を吹きかけた。

「あは……」

　ぞくりとし、髪の生え際がそそけだった。

「透けるような耳も可愛い」

　耳朶を甘噛みされると、総身が疼いた。立っているのがやっとで、これ以上何かされると倒れてしまいそうだ。

　雅風は後ろに立ったまま左手で悠香の腰を抱き、右手を懐に入れた。肌襦袢の下に忍び込んだ手は、すぐに左の乳房をつかんだ。

「だめ……」

　悠香は掠れた声で言った。

「鏡を見てごらん。悩ましいきれいな顔だ。こうやって触ると、悠香さんの色っぽい顔を見ていられる」

鏡には、濡れた口を半開きにした自分の知らないもうひとりの女が映っていた。

左の乳房を揉みほぐされるだけでおかしな気持ちになるが、敏感な乳首だけを指先で揉まれ、いじられ、抓《つま》まれると、女の器官まで疼きだした。

「先生……だめ」

「何がだめだ。鏡から目を離さないで自分の顔を見てごらん。悠香さんは男に愛されているとき、こんなに色っぽい顔をしてるんだ。こんな顔は滅多に見られない。自分の顔を見たことはあるか？　うん？」

悠香は口をかすかに開いたまま、か弱い視線を鏡の中の雅風に向けて首を振った。

「自分のこのときの顔を知らないままに終わる女が多いだろうが、もったいない。特に悠香さんは。ほら、何て悩ましいんだ。自分でもそう思うだろう？　若い女が真似ようとしても真似られない熟した女の表情だ」

ゆったりと話す雅風の、乳首をいじりまわす指の動きは止まらなかった。雅風の息はうなじにかかり、さわさわとそそけだち、乳首からも漣が広がっていった。

すすり泣くような喘ぎが洩れた。

後ろから抱きかかえられていても倒れそうになり、悠香は足指をキュッと畳につけて倒れまいとした。

「乳首がコリコリしてる。アソコも感じてるんだろう？」

悠香は自分の顔だけでなく、雅風の顔を見ていることもできず、視線を落とした。

「だめだ、ちゃんと鏡を見ていなさい」

すぐに雅風が言った。けれど、悠香は恥ずかしさに視線を上げることができなかった。

「見ないならお仕置きしないとな」

雅風は容赦なく乳首を抓《つね》った。

「痛っ！」

声を上げた拍子に、悠香の顎はクイッと上がり、視線が鏡に向いた。

「鏡を見ていないと痛いことをしてしまう。指が勝手に乱暴なことをするんだ」

「いや……」

目尻に涙を滲ませた悠香は、顔を歪め、雅風に訴えるような視線を向けた。

「こんなに汗ばんでる。ねっとりした女の肌はいい」

「あう……そこだけしないで……いや」

一点だけいじられ、感じすぎ、悠香は雅風の右腕をつかんで乳首から離そうとした。

「そんなことをすると、また抓ってしまうかもしれない」

涙が出るほどの痛みが走った後だけに、悠香は雅風の腕を握ったまま、引き離すことができなくなった。

雅風は指を動かしながら耳朶を舐めまわした。そうかと思うと、うなじにも舌を這わせた。

「んふ……」

全身が粟立った。

「両手で裾をまくってごらん。可愛いお饅頭を見ながらしたい」

「いや……あう！」

いやと言った途端、乳首を思い切り抓られ、悠香は悲鳴を上げた。

「痛いこと……しないで」

悠香の目尻に涙が滲んだ。

「痛いことなんかしたくないのに、悠香さんが苛《いじ》めてくれと言うんだ。ほら、そんな顔をするから苛めたくなる。悠香さんが私をおかしな気持ちにさせるんだ」

鏡に映っている悠香の顔は、今にも泣きだしそうだ。その半開きの口元や眉間に寄った深い皺は苦痛を表しているというより妖艶で、悠香の知らない別の女の顔だった。

「さあ、裾を捲ってごらん」

いやと言えば乳首を抓られそうで、鏡の中の雅風を見つめながら、悠香はそっと右手で褄《つま》を取った。だが、わずかに引き上げたものの、それ以上は動かせなかった。

「それじゃ、見えない。悠香さんがさっさと捲り上げてくれるとは思えないな。どれ、手伝ってやるしかないか」

背後にいる雅風は両手を前にまわし、筍《たけのこ》の皮を剝いでいくように、着物、長襦袢、最後に湯文字と、帯の線まで大胆に捲り上げていった。

「いや……」

ショーツを穿いていないため、漆黒の翳りを載せた肉マンジュウが露わになり、悠香は腰をもじつかせた。

着物は楚々とした味わいがあるだけに、きっちりと着こなした上で下腹部だけが剝き出しになると、裸体のときとは比べものにならないほど猥褻だ。

「白い肌に載った黒いヘアを見ているだけでおかしな気持ちになる。きれいなものは犯したくなるのはどうしてだろうな。悠香さんの品性が、この格好をいっそう淫らにするんだ。品のない女性の着物を捲っても、面白くも何ともない。そんな気にもならない。悠香さんのような恥じらいの表情など浮かべないだろうし」

「見ないで……」

悠香は羞恥にねっとりと汗ばみながら、雅風の視線から翳りを隠そうと腰をひねった。

「またオマメを抓られたいのか？　今度はさっきより痛いぞ」

イヤイヤと首を振った悠香は、荒い息を吐きながら躰を正面に戻した。

「自分の手で、うんと大きくお饅頭を広げてごらん」

雅風は破廉恥なことを言いつけた。

「鏡で見たことはあるだろう？　そのときはどうやって映したんだ？　床に置いて跨《また》いでみたか。それとも、こうやって立ったまま広げてみたか」

背後でぴったりと躰をつけている雅風の恥ずかしい言葉だけで、悠香は消え入りたかった。羞恥を紛らすように、白い足袋に包まれた足指の先を、キュッと畳に押しつけた。

「毎日、こっそりと覗いているんじゃないのか？」

恥ずかしがる悠香を楽しみながら、雅風は捲り上げた着物が落ちないように、帯の間にグイッと押し込んだ。

着物の裾を端折《はしょ》られると、目を開けていられないほど破廉恥な姿になった。

「これで両手が使える。悠香さんは、何もしてくれないお人形さんだな。だけど、人形なら人形で、私が自由にいじればいいんだ。これまた楽しい気がする」

雅風は唇をゆるめると、肉マンジュウを引き上げながら、左右に大きくくつろげた。

「ああ……いや」

隠れていた部分が晒され、パールピンクにぬめ光る女の器官が鏡の正面に映った。

雅風の腕がまわっているとはいえ、逃げようと思えば逃げられる。けれど、悠香は金縛りに遭ったように、姿見の前から動けなかった。

「きれいな女の印だ。花びらの色と形は絶品だし、オマメを包んでるサヤもスマートだ。男はここに誘惑される。私は、やもめになって二年になるんだ。女性の躰が愛しくてならない。それでも、弟子は多いが、まちがいでも犯すと何もかも失ってしまう。それなのに、悠香さんがとうとう私をこんなにしてしまった。悠香さんとこんなふうになれるとは思っていなかった。悠香さんなら大歓迎だ。若い者のようにはいかないと言ったとき、指や口が好きと言ってくれたんだ。私に心を許してくれたんだと嬉しかった」

雅風の言うとおりだ。

少し酔っていたとはいえ、そのとき何か言わなければ、雅風は決して近づかないだろうと思った。これまでどおり、師と弟子の関係が続くと思った。だから、つい、指や口が好きと口にしてしまった。愛情があれば、男女の営みなど、どうでもいいと言いたかった。

悠香の言葉をきっかけに、雅風が距離を縮めた。まだ一線は越えていないが、それ以上に恥ずかしいことをされた気がする。それによって、他人だった関係が一気に近しくなった。

嫌いな男に同じことをされれば屈辱でしかない。それが、心を許した相手にされると恥じらいに身悶え、胸に飛び込みたくなるのはなぜだろう。

くつろげた肉のふくらみと羞恥に火照った顔を交互に見つめる雅風に、悠香はただ胸を喘がせるしかなかった。

温厚な紳士と思っていた雅風が、これほど破廉恥なことをするとは思わなかった。けれど、下卑た男には見えない。破廉恥なことをされればされるほど、心も躰も雅風に近づいていく。

「こうしているから、自分の指でオマメをいじってごらん」

鏡の中の雅風が悠香の目を捕らえて言った。喉を鳴らした悠香は、雅風の目を見たまま首を振った。

「じゃあ、交代するか？　自分の手でここを大きく開くか？　そしたら、私の指でオマメをいじってやろう。気をやる姿をいっしょに見たい」

雅風の湿った息がうなじに掛かった。

「お人形さんだから、自分じゃ動かないのか。ほら、この手はこうだ。大きく広げてないとお仕置きするかもしれない」

肉マンジュウを裂けるほど破廉恥にくつろげていた手を離した雅風は、背後から悠香の両手を取って、今まで自分がしていたように、ほっくらした柔肉を左右に割り開いた。

「手を離したら、もっと恥ずかしいことをしよう。恥ずかしいお仕置きをしてほしいなら、すぐに離すといい」

雅風の手は悠香から離れた。

鏡の前に立ち、自分の手で女の中心をくつろげている破廉恥さに、悠香は目眩《めまい》がしそうだった。肉のふくらみから手を離そうと思うのに、なぜか動けない。雅風に命じられたからとはいえ、手を離せばすむことなのに、それができず、鏡に映っているねっとりと光る粘膜を見つめ、悠香は荒い息を吐いた。

着物の裾を端折られているだけでもはしたないというのに、鏡に映っている姿は大胆すぎる。鼓動が乱れ、息苦しかった。

英慈との十一年の生活でも、これほど破廉恥なことをさせられたことはなかった。雅風とはまだひとつになっていないというのに、これからどれほど屈辱的な時間が待っているのだろう。

慎介には絶対に許せないと思えることを、雅風には許している。慎介に命じられれば屈辱でしかないはずが、雅風との間では心と心が近づくための儀式をしているような気がしてくる。

「男の道具とちがって、女の道具はいつもお饅頭に隠れている。隠れているから見たくなる。それに、剝き出しになっているものより、隠れているものの方が大切なものに思える」

雅風は楽しそうに話しているが、悠香は羞恥に汗ばんでいた。

「私の手で開くのも楽しいが、こうして悠香さんが自分の手で開いているのを見ると、よけい興奮する。開いたまんまにしておくんだ。そしたら、可愛い女の道具を見ながら、こうやって触れる」

雅風は背後に立ったまま右の腕を伸ばして花びらを揺らした。

「あは……」

悠香は甘い喘ぎを洩らした。

「女のオマメは、どうしてこんなに愛らしいんだろう。いや、オマメにもいろいろあって、こんなに上等のオマメはめったにない」

「あう」

肉のマメを包皮越しに捏ねまわされ、倒れそうになった悠香は、足裏を畳に押しつけてバランスを保った。

「目を離さないで、可愛いところを見ていてごらん。ぬるぬるが出てくるのがわかるだろう？」

鏡を見ているだけで昂ぶり、蜜がじわりじわりと溢れてくる。触れられればいっそううるみは溢れ、女の器官全体が透明な銀色の膜に覆われているように輝きはじめた。

「このままいってごらん。倒れないように支えてあげよう。お饅頭は開いたままにしておくんだ。ピンク色のきれいな道具を見ながら触りたい。でも、悠香さんの目を見ながらいじるのも楽しい。交互に眺めながらしよう」

女の器官に目をやっていた悠香は、雅風に視線を向けた。けれど、笑みを浮かべた雅風が眩しく、すぐに視線を落とした。

雅風の人差し指はぬめりを広げていくように、花びらの脇の溝や肉のマメの周辺を這いまわった。そして、時折、秘口に潜り込むようになった。深くは沈まず、第一関節か第二関節まで入り込むと、何度か浅く浮き沈みし、また出ていって周辺の器官を滑った。

足裏は畳をしっかりと押しているものの、じっとしていることができず、悠香の腰は左右にくねった。

雅風の愛撫がもどかしい。半端な疼きが広がっている。女の器官を這いまわる指先の動きがやさしすぎる。女壺に沈む指も浅すぎて、出し入れの動きも弱すぎる。

もっと強く……。もっと深く……。

そう口にしたかった。

催促するように、今までより腰を大きくくねらせた。

喘ぎもいつしか大きくなった。けれど、雅風の間延びした動きは変わらなかった。

「ぬるぬるがいっぱい出てくる。ここを触っていると気持ちがいい」

雅風の指は、ますますなめらかに動きまわった。

絶頂がそこまで来ている。それなのに雅風は最後のボタンを押そうとしない。焦らされるほど、早く極めたくてたまらなくなる。

「ねェ……」

悠香は哀願するように雅風を見つめた。

「うん？　どうした？」

雅風は、そこまで来ている法悦に気づかないのだろうか。このまま今の行為を続けるだけでいいと思っているのだろうか。指を動かす強さも速度も変わらない。広げていた肉マンジュウを、悠香はわざと狭めた。

「おしまいにしたいのか？」

悠香は泣きそうな顔をして、また女の器官を破廉恥にくつろげた。

雅風はそれからも、歯痒《はがゆ》いほどの動きしかしなかった。欲求不満はつのるばかりだ。

「ね……して」

我慢できなくなった悠香は、ついに切羽詰まった声を出した。

「してるじゃないか」

「いきたいの……して」

鏡の雅風に向かって、哀れな顔をした。

「おねだりする悠香さんは可愛い。その言葉を聞きたかったんだ。私もいきたくなった。この歳になって、ムスコがこんなに疼くのは久しぶりだ。悠香さんのあそこに入れたくなった。でも、悠香さんがいやならしない。どうする？」

まっすぐに悠香を見つめる雅風に、今さら、なぜそんなことを訊くのかとと恨めしかった。

雅風の指が花壺に入り込んで、浅い部分で出し入れされた。悠香は鼻からくぐもった声を洩らした。

「指でこんなふうにすればいけるか？　それとも、私のものをここに入れられたいか？　一線を越えるには勇気がいるだろう？　無理強いはしない」

雅風の指は、やはりもどかしい動きしかしなかった。

焦らされ続けて悠香の総身は熱を放ち、情欲を抑えられなくなった。鏡の前に立って秘所を自分の手でくつろげさせられている。そんな恥ずかしい行為に耐えている。して……と、勇気を出してやっと言った。それなのに、なかなか絶頂を迎えさせてくれない。口惜しさがつのり、昨日までの師に対する遠慮や畏敬の念より、苛立《いらだ》ちの方が強くなってきた。

「嫌い！」

悠香はついに不満を爆発させ、両手を肉の堤から離した。そして、端折られた着物の裾を下ろそうとした。

「嫌いになったのか」

女壺から指を出した雅風が、悠香の動きを阻んだ。

「だって……」

わかっているくせにと、憤りと哀しさがない交ぜになった。

「本当にしていいのか？　後悔しないのか？　私はしたくてたまらない。だけど、まだ迷ってる。後悔させやしないかと。悠香さんの倍の歳だ。孫までいる男だ」

悠香は三十四歳。雅風はすでに六十七歳。苛立っていた悠香は、雅風のためらいがわかってはっとした。

「深く考えることもないか。今日だけで終わってもいいし、続いていくならそれもいい。ふたりとも独り身だ。こうやって時折楽しむだけでもばちは当たらないな。悠香さんを大切にしたいと思っている。だけど、この歳でいっしょになってくれと言うのは滑稽だろうし」

雅風は自分の歳を気にしている。そして、いっしょになることすら考えていると思うと、悠香はいっそう雅風が愛しくなった。

「ね、して……」

悠香は鏡の中の雅風にそう言うと、端折られた着物の裾をさっと下ろし、くるりと躰をまわした。そして、もっこりしている雅風の肉茎に和服越しに触れた。

「これを……ちょうだい……これを……入れて」

悠香はやっとそう言うと、コクッと喉を鳴らした。

「入れていいのか？」

頷いた悠香は、恥ずかしさに雅風の胸に顔を埋めた。

「悠香さんに入れてと言われて、ムスコが嬉しさに首を振ってる。信じられないほど元気だ。せっかくきれいに着つけてる着物を脱がせたくないし、帯も解《と》かせたくない。後ろから入れてあげるから四つん這いになってごらん」

雅風の言葉に、悠香はまた熱くなった。

「デリケートな肌が傷つかないように、座布団に膝を載せた方がいいな」

雅風は隅に押しやっていた座布団を取って、悠香の前に置いた。

「早くしないと年寄りのムスコは萎《な》えてしまうかもしれない。あっちを向いて手と膝を着けてごらん」

雅風に肩先を押され、また姿見と向かい合った。

座布団は姿見の一メートルほど手前に置かれている。まだ一線を越えていない関係だけに、着物を着たまま恥ずかしい姿をするのだと思うと、悠香はすぐには動けなかった。

「やっぱりこれ以上はやめておくか？」

雅風は悠香の心中を思いやっているのか、故意に困らせているのかわからない。

「いやなら無理にはしない」

とうに淫具まで女壺に挿入して玩んでいながら、今さら身を引くつもりだろうか。さんざん淫らなことをしておきながら、いざとなってそんなことを口にする雅風が恨めしくてならない。心を許しているからここにいる。雅風もわかっているはずだ。

沈黙があった。今にも雅風が部屋から出て行きそうな不安に、悠香は意を決して四つん這いになろうとした。

「着物を開いてからだ。でないと、膝で踏んでしまう」

悠香が動いた瞬間、雅風が言った。

そのまま膝を突くつもりだった悠香は、口に溜まった唾液を呑み込みながら身頃を左右に割った。

「そうだ。そのまま膝を突いてごらん」

悠香は胸を喘がせながら座布団に膝を突くと、上半身を倒して両手を畳に突いた。

背後の雅風が、着物と長襦袢の裾、湯文字をいっしょくたにして背中の方に捲り上げた。

「いや……」

臀部をスッと空気に嬲られた悠香は、双丘が丸出しになった羞恥に、正面の鏡に映っている雅風の様子をちらりと窺った。

「着物の悠香さんをこんな格好にしただけで、またムスコが興奮して暴れだした。悠香さんの恥ずかしがる顔を見ると、歳に似合わぬ熱い思いが湧き上がってくる。困らせたくなる。悠香さんにしてと言われたときは、ムスコが疼いて、おかしくなりそうだった。だから、何度でも、してと言わせたくなった」

笑いながら跪《ひざまず》いた雅風は、悠香の白い尻たぼを撫でまわした。

「着物は上品でいい。どんな高価なドレスも着物にはかなわない。上品なだけ、こんなふうにいやらしく捲り上げるとやけに猥褻だし、剝かれた尻を撫でていると世界一いやらしい男になった気がしてくる。そして、それだけ若返る気がする」

豊臀を見つめられ、撫でまわされているだけで羞恥がつのる。恥ずかしいほど、じわじわと蜜が溢れてくる。このまま雅風に焦らされ続けると、溢れてくるうるみは太腿のあわいをしたたり落ちていくかもしれない。

「見ないで……」

「こんなに可愛くてきれいなものを見ないでというのか。甘い桃のようでかじってみたくなる」

「だめ！」

今にも歯を当てられるのではないかと、悠香はわずかに尻を落とした。だが、すぐさま雅風が腰を掬い上げた。そして、後ろから太腿の狭間に手を入れ、花びらのあわいを指で嬲った。

悠香は短い声を上げた。

「大洪水だ。入れたいのに、すぐに入れるのが惜しくなる。少しの間、指で触っていたい。こんなふうに」

雅風の指はワレメに沿って、ゆっくりと行ったり来たりした。

「あう……んんっ……あっ」

すでに口や指でそこに触れられたというのに、犬の格好をしたまま背後から指を入れていじりまわされると、そのときとまったくちがうことをされているような気がする。粘膜の神経が剝き出しになったようだ。

「ああ……いい……先生……恥ずかしい……こんな恥ずかしい格好をさせるなんて……あはっ……んんっ」

じっとしているとおかしくなりそうで、悠香は喘ぎながら切れ切れの言葉を押し出した。

「気持ちがいいんだろう？」

蜜を広げていくように指が花びらのあわいを行き来した。それから、中指が女壺に沈んでいった。

「んんんっ……」

悠香は眉間に小さな皺を寄せて喘いだ。

「一本じゃ足りないだろう？　鏡を見て話してごらん」

浮き沈みする指が心地いい。このままの時間が続くのもいい。けれど、悠香は雅風への思いが切なくてならなかった。

「して……ね……おっきいのを入れて……先生のものがほしい」

正面の鏡に映っている雅風の目を見つめ、悠香は甘えるような口調で言った。

「おう、大きいのがほしいか。うんと食べさせてやるから、もう少し可愛いムスメをいじらせてくれないか。何て気持ちのいい壺だ。中だけじゃなく、ここもいい」

指を出した雅風は、また花びらや肉のマメのまわりをいじりまわした。

「ああう……ね、我慢できないの……ほしいの」

悠香は尻をくねりとさせて催促した。

「我慢できないのか」

「できない……ほしいの……オユビじゃなくて、おっきいのがほしいの」

いつしか恥ずかしいという気持ちは消えていた。悠香は素直に気持ちを口にした。

「指と口も好きと言ったじゃないか」

雅風はぬるぬるした女の器官をいじり続けた。

「オユビもオクチも好き……だけど……おっきいのがほしいの……ね……ちょうだい」

悠香は催促するように尻を突き出した。

「もっと触っていたいと思ったのに、そんなに可愛い声でねだられると、私も我慢できなくなる」

ついに雅風が着物を開き、下穿きを脱いだ。古稀まで後三年ながら、肉茎は硬く漲っていた。

雅風は着物を脱がず、開いた身頃の間からぬっと顔を出している剛直を握り、悠香のぬめった秘口に亀頭を押し当てた。そして、グイと腰を臀部に近づけた。

「あはあ……」

指よりはるかに大きなものが肉のヒダを押し広げながら沈んでいく心地よさに、悠香は顎を突き出して甘やかな喘ぎを洩らした。

雅風は正面の鏡に映っている悠香の妖艶な表情を眺めながら、女壺の奥の奥まで剛棒を沈めていった。

「おう、何て素晴らしい壺だ。こんな気持ちのいいのは初めてだ。熱い。そして、溶けそうなほど柔らかい。それでいて、ねっとりと締めつけてくる……」

雅風は感嘆の声を洩らした。

「ああ……気持ちいい……」

悠香も泣きそうな声で言った。

肉杭が花壺に入り込みはじめたときから疼きが総身に広がり、奥まで届いたとき、髪の毛のつけ根がそそけだつようだった。

「悠香さん……とうとうこんなになってしまったな。十も二十も若返った気がする。不思議と気力が漲ってくる。夢のようだ」

雅風がゆっくりと腰を引いていくと、肉のヒダがズクリと疼いた。引くだけ引いてまた押し込まれると、膣ヒダに全身の神経が集まったのではないかと思えるほど感じた。長く焦され続けたせいか、今までに経験したことがないほど敏感になっている。

雅風の動きは遅々としていた。けれど、それがいっそう肌を敏感にしているようにも思えた。肉のピストンが動くだけ、そこから全身に悦楽の波を広げていく。髪の毛や手足の爪先《つまさき》まで疼き、総身が粟立った。

「あう！　動かないで」

畳に突いている両腕がブルブルと震えだした。

「動かないで……感じすぎるの……じっとしていて。少しの間、じっとしていて」

悠香は濡れ光る紅い唇を半開きにしたまま、目の前の鏡に映っている雅風に訴えた。

「私もいい気持ちだ。年取ってくると、若いときのようにはいかなくなる。だけど、悠香さんのここは具合がよすぎて、ゆっくり動かしていても気をやりそうだ。すぐにいくのは惜しい。悠香さんがいいと言うなら、じっとしていよう。できるだけ長くひとつになっていたい。だけど、この格好じゃ、悠香さんも疲れるだろう？」

感じすぎて疲れなど忘れていた。けれど、言われてみれば、いつまで腕を立てていられるか不安になる。

「悠香さんの顔を見ながらしたい。だから、膝に乗ってごらん」

雅風が悠香の腰を引き寄せた。

悠香の両手が畳から離れた。

「今度は難しいかもしれない。離れないでいられるかな。まあ、離れたらまたひとつになればいいだけだ。私が胡座《あぐら》をかくから、その上に腰掛けるようにすればいいんだ」

笑った雅風は、四つん這いの悠香の腰をグイと引きつけ、慎重に腰を落としながら胡座をかいた。

悠香は結合が解けないように、雅風の腰にぴたりと躰をつけたまま従った。何回か蜜壺から肉茎が抜けそうになったが、離れることなく、胡座をかいた雅風の胸に悠香の背中の帯がぴたりとついた。

「成功だな」

雅風が笑った。

離れまいと太腿のあわいに神経を集中させていたときは気づかなかったが、ふっと前を見ると、腰まで捲り上がった着物から下半身が剝き出しになり、雅風の太いもので中心を貫かれている恥ずかしい姿が映っている。結合部はぬめりでまぶされて、てかてかと輝いていた。

あまりの恥ずかしさに、炎に包まれたように熱くなった。

破廉恥すぎる下半身と腰に手をまわしている雅風を見つめ、悠香は目のやり場をなくした。

「女のアソコには前からも後ろからも入れられる。面白いものだな。最初は正常位しか知らなかったから、初めて女の後ろから入れたとき、ムスコがちゃんと沈んでいくのが不思議だった」

耳のすぐ側《そば》で雅風の声がした。悠香は正面の鏡に映っている雅風の視線を見つめ、落ち着きをなくした。

「剝き出しの白い脚に足袋はいいものだな。裸にしても、足袋だけ履かせておけば淫らさが増す。素裸の女より何倍も淫らで色っぽくなるのが面白い。淫らな悠香さんはいい」

雅風の言うように、足袋を履いて合体し、下腹部を曝《さら》け出している悠香は淫らすぎた。

悠香は膝を閉じようとした。

「外れるじゃないか。もっと大きく開いた方が淫らでいい」

背後の雅風は悠香の太腿を掬い上げ、グイと左右に割り開いた。

「ああ、いや……」

太腿まで蜜でねっとりと濡れ光っている。肉茎を出し入れされたときに溢れた蜜の痕跡だ。

「私のものがどんどん元気になる。自分で花びらやオマメを触ってごらん。もっと淫らになってごらん」

雅風の剛棒が女壺の中でクイッと動いた。

「あう」

悠香はびくりとした。

「ムスコが暴れまわってる。悠香さんのこんな淫らな姿を見ていると、ムスコもじっとしていることができないようだ。ほら、自分の手を動かしてごらん」

悠香は鼻から乱れた息をこぼしながら、右手を花びらに持っていった。

雅風の屹立を呑み込んだ女壺の入口は、剛棒の太さだけ丸く広がり、しっかりと肉茎を咥えている。花びらもそれだけ咲き開き、貪欲な女の器官に見えた。

花びらの尾根に触れただけで、自分で慰めるときとはちがう感触に、悠香は慌てて手を引いた。けれど、結合している部分が気になり、太腿のあわいを覗き込むようにしながら、また恐る恐る指を伸ばした。

今度は花びらではなく、結合している部分に触れた。雅風の硬い肉杭の根元を、ゆっくりとなぞっていった。上部から右に半円を描いて下りると、また上に戻って、今度は左に向かって肉茎の根元を辿っていった。雅風の屹立を指先で一周した悠香は、男と結合している部分を見つめ、胸を喘がせた。

女の器官を鏡に映したことはあっても、こうして生々しい合体の姿を見つめるのは初めてだ。何度も男のものを受け入れてきたとはいえ、秘口を貫いて入り込んでいる秘所を見るのは恐ろしい気もしたが、妙に昂ぶった。

「しっかりと悠香さんの中心を突き刺してる。こうしてひとつになってると、悠香さんの躰から若々しいエネルギーが注ぎ込まれてくる。今のように、そこを触ってごらん。ムスコのつけ根を触られると、ますます気持ちがよくなる」

丸く口を開けている秘口の入口と、そこに沈んでいる肉茎の根元に、悠香はまた指を這わせていった。

不思議な感覚だ。

「いっぱい……いっぱいに入ってるわ……こんなに」

悠香は結合部を見下ろしながら、何度もそこに指を這わせた。肉茎が動かなくても、深く入り込んでいるだけで、後ろのすぼまりまで疼くような気がした。

悠香の脚をくつろげていた雅風の手が離れた。けれど、悠香は開いた脚を閉じようとはしなかった。

雅風の右手は悠香の着物の懐に入り込み、左の乳房を揉みほぐした。

「んふ……」

喘ぎを洩らしたが、悠香は下腹部から目を離さなかった。花びら越しに剛直を押してみたり、肉のマメを包んだ細長い包皮を撫でてみたり、子供が珍しい玩具に夢中になるように、合体している部分に意識を集中させていた。

雅風は鏡に映っている悠香を眺め、唇をゆるめた。そして、左の乳房全体を揉みほぐしていた手を止め、親指と中指で乳首だけをいじりはじめた。

「あ……あはっ」

敏感な乳首を集中的に愛でられると、悠香は下腹部から視線を離し、鏡の中の雅風に切なげな目を向けた。

「おう、アソコが蠢《うごめ》きはじめた。乳首の感度がいいな。ムスコがクイクイと締めつけられる」

乳首から下腹部へと一直線に走り抜けていく疼きに、悠香は腰をくねらせた。

結合部を物珍しげに眺めながら触れていた悠香は、乳首をいじられはじめたことで、指の動きを完全に止めた。

肉のマメや花壺の中がジンジンする。腰をくねらさずにはいられない。

「おう、上手だ。この格好じゃ、私は動けない。もう少し若くて体力があったら突き上げられるんだろうが」

雅風が笑った。

「して……」

「離れたくないからこのままがいい。自分でオマメをいじって、いってごらん」

「いや……」

「私は、コロコロしてきたこの可愛い乳首をいじっていたいんだ」

「あう……だめ」

悠香は肩先をくねらせ、快感を紛らそうとした。乳首はツンとしこり立っている。

「悠香さんが自分でいくのを見たい。悠香さんも、いくときの自分の顔を見てごらん。悠香さんが可愛いから、させたいんだ」

可愛いからさせたいと言われると、雅風が自慰を見たがっている気持ちがわかるだけに心が傾いた。自分で恥ずかしいことをする姿を見られると軽蔑されるのではないかという不安も消え、悠香は肉のマメを包んでいる包皮の尾根を、そっと左右に動かした。

「おう、いい気持ちだ。いったときの悠香さんの壺の中がどんなになるか楽しみだ」

悠香は正面の鏡に映っている破廉恥極まりない姿に昂ぶりながら、今度は肉のサヤを右の人差し指で左右に揺り動かした。

「んふ……」

鼻から湿った熱い喘ぎが洩れた。

女芯に太いものを咥えたまま自慰をするのは初めてで、とてつもなく猥褻な行為をしている気分だ。

こっそりとひとりでするときのように焦らして時間を延ばそうという考えも浮かばず、悠香は左右に揺らす動きを速めた。次に、包皮越しに肉のマメ全体を丸く揉みほぐした。その速度を速め、力も強めていった。

「あう……い、いきそう……」

眉間に深い皺を寄せた悠香がそう言うと、雅風は乳首をいじっていた右手を胸元から出し、両手でしっかりと悠香の腰をつかんだ。

開きった着物の裾から、二本の脚が剝き出しになっている。その内腿のあわいの漆黒の翳りを載せた肉マンジュウも大きく開かれ、秘口は雅風の剛直を咥えて、その太さだけ丸く口を開いていた。

結合部分が溢れた蜜でてらてらと光り、会陰には銀色のうるみがねっとりとしたたっている。

「もうすぐのようだな。おう、凄いぞ……」

雅風が息を止めた。

「んんっ！」

悠香の総身を絶頂の波が駆け抜けていった。

ひととき硬直した悠香は、その後、小刻みに打ち震え、悩ましい女の顔を鏡に映した。

背後に雅風の視線があった。

後ろ向きに貫かれたまま自分の指で法悦を迎えた悠香は、危うく倒れそうになった。だが、雅風の手がしっかりと腰を引き寄せて支えていた。

秘口の収縮が続いている間、悠香はひとりで慰めて迎える絶頂とのちがいに戸惑っていた。

「満足したか？　オナニーをさせていながら満足したかはないか」

悠香の法悦の余韻が収まったとき、雅風が笑った。

悠香は急に恥ずかしくなった。

肉茎を女壺に咥えたままの姿が破廉恥すぎる。剝き出しの脚も淫らだが、白い足袋がよけいに淫猥さを強調していた。

悠香は膝を閉じようとした。けれど、雅風がまだ気をやっていないのがわかり、このまま離れると悪い気がしてならなかった。

「満足できないのか？」

雅風の問いに、悠香はどう答えていいか迷った。

「ちょっと休憩して夕食にしないか？　続きはその後だ」

「でも……」

絶頂を極めないままでいいのかと、悠香は訊きたかった。

そのとき、漲っていた剛棒が、空気が抜けていくように萎えていった。そして、自然に秘口から抜け落ちた。

悠香は膝を閉じた。

「もっとしたいといっても、小さくなってしまった」

「私だけ……」

悠香は申し訳なさでいっぱいになった。

「うん？」

「私だけ気持ちよくなって……」

「悠香さんだけじゃない。私も気持ちよかった」

「でも……」

「もしかして、私が気をやらなかったからか」

悠香が頷くと、雅風が、大丈夫だ、と言いながら笑った。

「若いときは気をやらないと気がすまないだろうが、今の私は、是が非でもそうしなければという気持ちもない。今夜の楽しみと思っているし、思い切り楽しい格好でひとつになれただけで今は満足だ。心配しなくていいんだ。もう一度、脚を開いてごらん」

懐からティッシュを出した雅風が何をしようとしているかわかり、悠香は新たな羞恥を感じた。けれど、閉じた膝をそっと開いた。

雅風が背後から手をまわし、蜜でぬるぬるになっている秘所を拭《ぬぐ》った。

「あん……」

悠香は喘ぎながら身をくねらせた。

「拭いてやってるのに、またぬるぬるが出てくるんじゃないだろうな？」

雅風は愉快そうだ。

「私のものを咥えていたここを近くから見たい」

ぬめりを拭いた雅風は悠香を膝から下ろすと、正面にまわった。

慌てて脚を閉じて立ち上がった悠香は、捲り上げられていた着物の裾を下ろした。

「見せてくれないのか」

「もうだめ……」

悠香はまだ太いものを咥え込んでいるような秘口の感触に戸惑った。

「ちょっと見るだけだ。何もかも悠香さんとは初めてで、少年に戻ったように好奇心旺盛になってるんだ」

雅風は跪いて裾を左右に開いた。

「だめ……」

そう言ったものの、悠香は雅風の行為を許していた。

「見えないから、ちょっとだけ脚を開いてごらん」

悠香は言われるまま、肩幅ほどに脚を開いた。

雅風は捲り上げた着物を左手で抑え、右の親指と人差し指で肉のマンジュウをくつろげた。

「あう……いや」

悠香はじっとしているのが恥ずかしく、雅風の行為を受け入れていながら、気持ちと裏腹の言葉を出した。

「おう、花びらが可愛い芋虫のようにふくらんでる。サヤもぷっくりしてる」

女の器官は行為の前より赤味が濃く染まり、肉を貪った貪欲な時間を物語っていた。そして、雅風が清めたにも拘わらず、すでに新たな透明液を溢れさせていた。

「尽きることのない泉のようだな」

雅風は顔を埋め、ジュッと音をさせて蜜をすすった。

「あう」

悠香は雅風の肩に手を置いて躰を支えた。

「上手い蜜だ。きりがないから食前酒はこれだけにして、メイン料理を食べに行くか」

雅風が顔を離して悠香を見上げた。

「翠峰《すいほう》にしようか。ちょっと電話を入れておこう」

「シャワーを貸してください……」

「今からシャワーを浴びるつもりか。私は気をやってないんだ。このままでいいだろう？着物はちょっと直せばいい。上手に着つけてるから帯もしっかりしてる。そこを洗ってほしくないいんだ。このままの悠香さんと食事をしたいんだ。私の我が儘を聞いてくれてもいいだろう？」

立ち上がった雅風に見つめられ、このまま外に出るのは憚《はばか》られたものの、悠香は黙って頷いていた。

雅風が料亭に電話している間に、悠香は洗面所に立った。

ビデでこっそり秘園を洗った後、便器に座ったまま、ぼってりした二枚の花びらを見下ろした。

雅風に思い切り恥ずかしいことをされ、心まで結ばれた幸福感に満たされている。肉と肉が結ばれても、心までひとつになれるとは限らない。けれど、雅風とは半日も経たないうちに深い絆で結ばれた気がしている。これまで十年以上の師弟関係があったからだろうか。

悠香が和室に戻ると、雅風は料亭翠峰への電話を終えていた。

「予約したから、今からかまわないかな」

「すみません」

午前中、いきなりやってきたときから快く受け入れてくれている雅風に、悠香は迷惑をかけているのではないかと、今になって気になった。

「謝ることはないだろう？　楽しい食事になりそうだ。うんとお腹が空いたんじゃないか？」

今までの営みで空腹になったのではないかと言われているようで、悠香は恥じらいの色を浮かべた。

「あの……」

「うん？」

「下着を……」

ショーツを穿いていないのが気になる。悠香は出掛ける前にインナーをつけたかった。

「着物のときは下穿きはいらないんだ。湯文字がショーツの代わりだ。月のものでもないし、そのままでいいじゃないか」

月のものという雅風の言葉が恥ずかしかった。

「慣れるとショーツなんてやぼったくて穿けなくなるらしい。女房も着物のときは穿かなかった。さあ、行こう。草履も用意してある。ちょうどいいと思う」

雅風はさっさと玄関へと歩いていった。悠香は困惑しながら、後を追うしかなかった。いつも下穿きをつけるので下半身が頼りない。このまま外に出るのが憚られた。

玄関には粋な着物に似合いの、薄いブルーの鼻緒の草履が揃《そろ》えてあった。

「あら……この鼻緒の色、着物の色に似てますね……」

似ていると思った後、同じ気がした。

「ああ、その結城の端切れで作ったんだ。孝子は気に入った着物を作ると、共切れでよく草履も頼んでいたんだ」

「粋でおしゃれな奥様でしたね」

雅風は妻にもあんな恥ずかしいことをしていたのだろうかと脳裏に浮かべた悠香は、そんなことを考える自分の淫らさに慌てた。

「本当によく似合う。女房も悠香さんにこの着物を着てもらって喜んでいるだろう。残しておいてよかった。まだ他にもあるから着るといい」

着流しに兵児帯の雅風と並んで外に出ると目立つだろう。ふたりとも連れ合いを亡くしているとはいえ、他人の目にどう映るだろうと、悠香は弾むような気持ちの中にも不安を抱いた。

「悠香さんと、こうしてふたりで食事に行くのは初めてだな」

雅風の口調は弾んでいた。

玄関から門扉に向かっていた悠香は、外から屋敷を覗き込んでいた慎介と目が合い、あっ、と声を上げて足を止めた。

慎介の燃えるような視線が悠香に張りついた。

「もしかして慎介君か」

悠香の異常に気づいた雅風が尋ねた。

悠香は弾む気持ちも萎え、泣きたくなった。慎介は電話番号だけでなく、住所まで突き止めたのだ。

慎介は遊びではなく本気だ。けれど、いくら血の繋がりがないとはいえ、抱かれてしまった今も息子としか思っていない。継子を男として見つめることはできない。

「会いたくないんです……」

「いつまでも逃げるわけにはいかない。他人がいる方がきちんと話ができる。はっきりと話す方がいい。いっしょに食事しよう」

「でも……」

「はっきりとした方がいいだろう？　それとも、慎介君への思いも少しはあるのか。心が揺れているのか。それが恐いか」

「息子としか思っていません……」

悠香ははっきりと言った。

「悠香さんは最低限のことを話せばいい。それとも、やっぱり逃げるか？　これから慎介君と会って話すことになっても、今夜は、いや、いつまでもかまわない。うちに泊まればいいんだ。心配しなくていい。私が守ってやる」

雅風の言葉は穏やかだが力強かった。

「会います……」

「よし、私の手伝いに来たということだったな。話を合わせよう」

雅風が先に立って門扉に向かった。

「初めまして。息子の慎介君とか。電話番号だけでよくここがわかったと、お継母さんがびっくりしている。どうしたのかな」

「迎えにきました」

慎介の顔は強張っていた。

「えっ？　まだ手伝ってもらうことがあるんだが。個展の前はいろいろ大変で、泊まり込んでもらうこともよくあるし、今夜もそのつもりだった。これから長期戦のために腹ごしらえなんだ」

雅風の言葉に悠香は安堵した。

「継母《はは》に聞いていませんでしたか？　昨夜、仕事先の上海から帰国したばかりなんです。数日しかいないもので、継母には大事な話もありますし」

悠香は愕然とした。

「大事な話ということは、いい人でもできて報告かな。いっしょに食事しながら話を聞かせてもらってもいいだろう？　私は腹ぺこなんだ。予約しているのに断るのも悪いし」

慎介に対する雅風の落ち着きは変わらなかった。

雅風の言葉に、慎介は今すぐ強引に悠香を連れて帰ると言えなくなったのか、溜息混じりの息を吐いて口を噤《つぐ》んだ。

「よし、夕食につき合ってもらえるようでよかった。じゃあ、追加の連絡を入れてみよう。でも、ケイタイを忘れたようだ。番号がわからないから中でかけるしかない。門の外で待ってもらうのは悪いから庭の方でどうぞ」

雅風は門扉を開けて慎介を招き入れた。

悠香は動悸がしていた。

「ほんの五分、待っててくれないか」

慎介に背を向けた雅風は、向かい合った悠香にだけわかるように目配せした。

安心しろと言っているように思えたが、ひとときでも慎介とふたりきりになると思うと、心臓の音は高まるばかりだ。

雅風が離れると、近づいてきた慎介の昂ぶりの息が悠香の耳に届いた。恐怖を抱いた悠香は、背を向けて雅風の後を追おうとした。

「帰ろう」

「あう」

グイと腕をつかまれ、総身に汗が噴き出した。

「放して……帰れるはずがないでしょう？　お店の予約がしてあるのよ」

「だから、断れよ」

「だめ。先方に迷惑をかけるわ」

「俺は継母さんの手料理の方がいい。俺達の大事な時間を邪魔するなって言えばいい。貴重な時間だ。継母さんなら何度でも抱ける」

「言わないで」

「俺は我慢できないんだ。継母さんの躰を思い出してムラムラしていた。黙って出ていくなんて酷いじゃないか。連絡がつくまで、あちこちに電話をかけまくったんだぞ。書道教室とわかって、やっとここを探し当てた。継母さんが色っぽすぎる着物で出てきたとき、俺はむしゃぶりつきたくなった。こんな着物を着ることもあるんだな。今までの継母さんじゃないようだ」

慎介は鼻から荒々しい息をこぼした。

悠香は顔も洗わず、スカートとセーターとカーディガンを羽織って、逃げるように家を出た。それを知らない慎介は、悠香が雅風の亡き妻の着物を着ているのに気づいていない。そして、慎介の知っている悠香とはちがう雰囲気の装いを見て、獣欲を掻き立てられている。

「着物の継母さんを抱きたいと何度も思った。継母さんは着物が似合うからな。それも、これはダントツだ」

今、この雅風の屋敷の庭で強引に抱かれることはないとわかっていても、悠香は慎介の勢いが恐ろしかった。

「二度と慎介さんに抱かれるわけにはいかないわ。あれは夢だと思って。私も夢だと思うことにするわ」

「現実だ！　いい声を上げてたんだ。合意の上だ」

慎介は悠香の腕を離さなかった。

「帰ろう。継母さんを抱きたい」

雅風が玄関から出てきたのをちらりと見やり、慎介は荒い息を吐きながら言った。

「先生のお手伝いをするから今夜は戻らないわ。いえ、慎介さんがいる間は戻れないの」

悠香は喘ぎながらも、きっぱりと言った。

「おう、親子で仲がいいんだな。手を繋ぐことがあるのか」

戻ってきた雅風は、悠香の腕をつかんでいる慎介を見やり、ゆったりと笑った。温厚さを変えない沈着な雅風に気圧《けお》されたのか、慎介が手を離した。

「上海には昔行ったことがあるが、今は変わってしまってるだろうな。慎介君に上海の話を聞くのも楽しみだ。ふたりより三人、三人より四人。賑《にぎ》やかな食事はいい。タクシーに乗る距離じゃないから歩こう」

　雅風は先に歩き出した。

　悠香は雅風から離れまいと、左横に並んで歩きはじめた。

　料亭翠峰は、ゆっくりと歩いて十分ほどのところにある。悠香は雅風のところに通っている生徒達とも、何度か足を運んだことがあった。いつも雅風の奢《おご》りで、娘の文子がいることもあれば、妻が健在のときは妻も同伴することがあった。

「いつまで日本に？」

　悠香を挟んで左側に立った慎介に、雅風が訊いた。

「まだはっきりとは……」

「有給休暇ではなく、仕事で？」

「ええ、まあ……」

　慎介は言葉を濁した。

「父上が亡くなられてから、しばらく悠香さんは稽古に顔を見せなかったんで心配していたんですが、この半年、また熱心に通ってくれるようになってほっとしているんですよ。悠香さんはもう教室を出して生徒をとってもいい実力だし、手伝ってもらって助かっています」

雅風は悠香に対する慎介の気持ちに気づいていないふりをしていた。

翠峰には京都風の犬矢来が巡らされている。

「お待ちしておりました」

暖簾《のれん》をくぐると、古くからいる仲居の、愛想のいい声がした。

すぐに床の間つきの奥の個室に通された。

赤紫のつぼみをつけた花蘇芳《はなずおう》と白侘助《しろわびすけ》が、筒型の備前の花入に挿されている。

雅風は慎介に上座を勧めた。

「いえ……僕はこっちで」

慎介は下座に座ろうとした。

「遠慮するのか。じゃあ、そっちは悠香さんと私にするか。慎介君は、もうじきやってくる文子の横でいいか。私の娘も来ることになってるんだ。三人が四人になった。賑やかでいい」

悠香は文子が来るのを知らなかった。午前中、屋敷に顔を出したものの、急用ができたと言って三十分で姿を消しただけに意外だ。けれど、余計なことを言わない方がいいと、悠香は無言で雅風の横に腰を下ろした。

雅風の横に座れるとほっとしたのもつかの間、慎介と向かい合うことになり、目が合った。

こんなことなら隣の方がよかったと当惑した。

「娘を待たずに先に始めよう。呑み物は何がいい？　悠香さんはそう強くないから、ウーロン茶か？」

呑まない方がいいと言われたのだと察し、悠香は、ええ、と頷いた。

「少しぐらいいいじゃないか。親父とよく呑んでたじゃないか」

すかさず慎介が言った。

「まだ後で手伝ってもらうことがあるから、あんまり酔われると困るんだ」

雅風が柔和な笑みを浮かべた。

「でも、まずは三人でビールで乾杯するか」

ぎこちない夕食が始まった。だが、雅風は何も気づいていないふりを続け、慎介にビールを注いだ。悠香は形ばかり口をつけ、ちょびちょびと呑んだ。

中瓶が三本空いたとき、雅風が日本酒にしようと言った。そのとき、慎介が洗面所に立った。

「ビールをせっせと注いでいたのはトイレに行かせたかったからだ。行ってくれなかったらどうしようかと思った」

慎介が消えた襖《ふすま》の向こうに視線をやり、雅風が笑った。

「ケイタイを忘れたと言って家に引っ込んだのは、文子にも連絡したかったからだ。大まかなことは話した。慎介君が悠香さんに惚れているということも。悠香さんにはまったくその気がないことも」

悠香は困惑の表情を浮かべた。

「今夜はうちに泊まった方がいい。だけど、私ひとりしかいないと不自然になる。文子もいっしょということにしたらいいだろう？　文子は意外と頭の回転が速い。上手く話を合わせてくれるはずだ。今朝だって、急用なんかないくせに気を利かせてさっさと消えたしな」

「えっ……？」

「悠香さんの様子が変だと思って、自分がいては私に話したいことも話せないんじゃないかと気を利かせて消えたんだ。私にはすぐにわかった。昔から文子は敏感なんだ」

そういうことだったのかと、悠香は文子とちがう自分の鈍感さを恥じた。

「私に文子さんの何分の一かの敏感さがあったら、慎介さんの気持ちに気づくことができたかもしれないのに……言われるまで気づきませんでした……最初に会ったときから好きだったなんて言われても……」

「慎介君のほうが役者が上だったってことかな。昔、しょっちゅう息子が家からいなくなると笑っていたことがあった気がする。外泊ばかりだと。そのときはわからなかったが、彼はいっしょにいるのが辛かったんだな」

慎介も昨夜、そう言った。強引に抱いた慎介を責める気持ちと、憐憫が入り混じっている。

慎介が戻ってくると、雅風は仲居に日本酒を頼んだ。

雅風の娘の文子がやってきたのは、悠香達が着いた三十分ほど後だった。

「遅れてごめんなさい」

雅風が文子に慎介を紹介した。

「まあ、悠香さんの息子さんとお会いできるなんて嬉しいわ。お酒、進んでますか？　悠香さんにはお世話になっています」

文子の母親の着物を着ている悠香は何か言われるのではないかとはらはらしたが、慎介の前だからか、まったく触れなかった。

文子は雅風の屋敷の近くに住んでいる。姑と同居しているので子供がいても外出しやすいと聞いた。それで雅風の屋敷に週に一、二度、顔を出して、身のまわりの世話をしていくのだ。それでも、急に呼び出されてやってきた文子が戸惑った顔も見せず、冷静に対応しているのに驚いた。

「悠香さんと私は歳も近いし、仲がいいんですよ。そういえば、慎介さんとも、そう離れていないかしら。急に帰国なさったのは、お継母さまにおめでたい報告でも？　そろそろいい人を連れてきてくれるといいけれどと、悠香さんもときどき言っているの」

そんなことを言ったこともない悠香は戸惑ったが、悠香に慎介への恋情がないことを遠回しに伝えるためだという気がした。

慎介の隣に座った文子は、徳利を取って慎介に酒を注いだ。慎介は、グイとそれを一気に空けた。そして、肩で大きく息をした。

「僕は」

慎介の緊張した態度に、悠香は次に出る言葉を恐れた。

「継母さん以外の女といっしょになるつもりはありません」

きっぱりと言った慎介に、その場が一瞬、静まり返った。悠香の心臓は胸からはみ出しそうなほど高鳴った。

「いやあ、驚いた」

まず雅風が、くくっと笑った。

「ほんとに慎介さんったら、そんなまじめな顔をして冗談を言うなんて。こんなに茶目っ気のある人とは聞いてなかったわ」

文子も笑った。

「文子の言う通りだ。何を言い出すのかと思った。悠香さんもびっくりしただろう？」

「ええ……」

悠香は慎介を意識して答え、笑みを浮かべようとしたが、頬が強張った。

「慎介君は、ときどきこんな冗談を言って人を驚かせるのか。いやあ、驚いた。面白い息子さんだ」

驚いたと言いながら、まったく本気にしていないような雅風や文子の態度と、悠香の短いひとことに、慎介は勢いを削がれた上に傷ついたのか、自分で徳利を取り、空いたお猪口に酒を注いだ。そして、グイッと空け、また注いだ。

「あら、冗談が通じなかったから自棄酒？　もう少しゆっくり呑みましょうよ」

笑いながら軽快に言った文子は、慎介の手から徳利を取った。

日本酒を呑む慎介のピッチは速かった。隣に座っている文子が気遣い、徳利を渡さないようにして、勝手に呑ませまいとした。それでも、慎介の酔いは早かった。

「呑むときはもっと食べないとダメよ」

文子がそう言ったとき、慎介は朝から何も食べていなかったのではないかと、悠香ははっとした。

「今日、ちゃんと食べたの？」

慎介とはできるだけ話すまいとしていたが、悠香は気掛かりになって訊いた。

「余り物があった。後はコーヒーだ。俺が寝ているときに出ていったじゃないか」

慎介は恨みがましく言った。

「まあ、赤ちゃんじゃあるまいし、いい歳して、まだ乳離れしてないの？　コンビニだってあるじゃないの」

文子が笑った。

慎介はムッとした。けれど、雅風もいるので、辛うじて苛立ちを抑えているようだ。

酔っているようだが、まだ自分を抑えられる慎介に、悠香はわずかながら安堵した。しかし、慎介は確実に酔っていった。酔い潰れた慎介を見たことがないだけ、悠香は自分のせいだと自責の念に駆られた。

「酔わないでね……私は先生のところに泊まってお手伝いすることになっているんだから、送って帰れないのよ」

悠香は困惑していた。

「俺のことより先生の手伝いか。上海から戻ってきたのに、俺をほっぽり出すのか。ひとりで帰れと言うのか。俺はひとりじゃ戻らないからな」

一時間もすると、慎介はすぐに座卓に顔をつけて眠りそうになった。

「慎介君もうちに泊まっていくといい。これじゃあ、ひとりでタクシーに乗せるわけにはいかないからな」

「そうね。お部屋はいくらでもあるんだし」

文子もすぐに同意した。

「ごめんなさい……」

雅風と文子は迷惑な顔はしていないが、悠香は針の筵《むしろ》に座っているようだった。

慎介は朝からさほど食べていないのに自棄で酒を呷《あお》り、いつになく酔ったのがわかる。

店から出て屋敷に戻るとき、雅風が慎介に肩を貸した。

悠香は溜息混じりに、文子と並んでふたりの後を歩いた。

「母の着物を着ていただいて嬉しいわ。よくお似合いだもの。今朝、悠香さんが屋敷を覗いていたときから、何かあったと思っていたの。父から翠峰に来てくれと電話があったとき、大まかなことしか聞けなかったけど、慎介さんがいる間、自宅に戻るわけにはいかないんでしょう？　いつまでも父のところにいてもらってかまいませんからね。だって、亡くなられた悠香さんのご主人はずいぶん年上の方だったし、私としては、もしよかったら父といっしょに暮らしてくれないかと思うようになっていたの」

意外な言葉だった。

四章　淫火

屋敷に着くと、雅風は空いている部屋の一室を慎介のために準備するように、文子に言った。

血の繋がりがないとはいえ、慎介は継子だけに、悠香は申し訳なさに消え入りたかった。慎介はソファに座るなり、頭をがっくりと落とし、今にも寝入ってしまいそうだ。完全に酔い潰れている。

「ベッドが置いてある部屋にしたわ」

文子が戻ってくると、三人で慎介を寝室まで連れて行き、上衣だけ脱がして横にし、布団を被せた。慎介はすぐさま荒い寝息を立てはじめた。

「やれやれだな」

雅風が笑った。

「私は帰っていいかしら。泊まれと言われれば何とかなるけど」

「いや、帰っていい。助かった。三人での食事より、あの場には文子がいる方がいいような気がしたんだ。急に悪かったな」

「本当にごめんなさい……」

悠香は泣きたかった。

「あら、いいのよ。姑は子供をひとり占めしたがってるから、私が外出すると喜ぶの。じゃあ、また明日」

悠香は文子を門扉まで送った。

「慎介さんに対して、異性としての感情はないのね」

はっとする問い掛けだった。

「もちろん……息子ですから」

「じゃあ、父のことはどう思ってるの？　いえ、そんなこと、私が訊いても仕方ないわね。悠香さんからすると父親の年齢だものね。後三年もすると古稀。ごめんなさいね」

文子はくすりと笑った。

なぜ、雅風のことが好きだと言えなかったのか、門扉を出て手を振った文子を見つめながら、悠香は溜息をついた。

文子が雅風と悠香の再婚を望んでいたと知り、予想外で嬉しかった。けれど、悠香への気持ちをコントロールできずに酔い潰れてしまった慎介のことを考えると、これからどうしていいかわからなくなる。

居間では雅風がお茶を飲んでいた。悠香のための湯飲みも置かれていた。

「美味しいお茶だ。今夜は楽しいことは遠慮しておくほうがよさそうだな。彼がいるんじゃ、うんといやらしいことはできそうにないしな。楽しみはとっておくか」

雅風は隣に座った悠香の乳房を着物越しに触れて笑った。

「これからどうしたらいいんでしょう……」

「明日、彼が素面になったら、もう一度、きちんと話してみるといい。すぐには耳を傾けてくれなくても、話すしかないんだ」

そう言った雅風は悠香を抱き寄せ、唇を塞いだ。

動悸がした。最初は硬直したが、入り込んできた雅風の舌をすぐに受け入れ、悠香も舌を動かした。熱い唾液が混ざり合った。

いつしか悠香の方が激しく舌を絡め、ひとりで唾液をむさぼっていた。下腹部が熱く疼いた。

酔い潰れた慎介が雅風の屋敷にいるのが口惜しい。一気に雅風への愛を深めた悠香にとって、これから朝までの時間は長すぎる。唇を合わせていると、躰はますます疼いてくる。いつまでもこうしていたい。これほど激しい口づけをするのは何年ぶりだろう。

「いっしょに休むか？　あの調子じゃ、彼はすぐには目が覚めないはずだ」

雅風の言うとおりだとわかっていても落ち着かない。そんな不安な気持ちで朝までの時間を過ごすより、今は我慢した方がいい。悠香はうつむいて首を振った。

「ごめんなさい……こんなことになってしまって」

「いちばん辛いときにうちに来てくれて嬉しかった。悠香さんと他人じゃなくなったんだし、とても嬉しいんだ。何も気にしなくていい。今夜はゆっくり休むといい。私もじっくり休んで明日に備えよう」

雅風が立ち上がった。


洗面を済ませた悠香は、布団の敷かれた和室に戻って帯を解き、着物を脱いだ。

ネグリジェもパジャマもないのに気づき、長襦袢をどうするか迷ったが、それも脱ぎ、肌襦袢と湯文字だけつけて休むことにした。ショーツを穿いていないのが心許なかった。

横になると、アルコールが少し入っているにも拘わらず、いっそう目が冴えてきた。

慎介との今後が不安だ。けれど、それ以上に雅風への思いがつのってくる。娘の文子も好意的だ。いつか雅風と暮らす日が来るのだろうか。

夫を亡くして一年を過ぎたころから肉の渇きを覚えるようになり、頻繁に自分の指で恥ずかしいことをするようになった。けれど、慎介に強引に抱かれても、満たされるどころか苦悩しかなかった。それが、雅風に恥ずかしいことをされていると、肉だけでなく心まで溶けていくような気がした。

たとえ肉の渇きがあっても、男女の行為だけでは満たされない。心が通じあって、初めて快感を感じ、幸せの余韻が続く。

「先生……」

照明を落とした薄明かりの中で、悠香はそっと雅風を呼んだ。

慎介がいなければ、今、雅風といっしょに休んでいるだろう。肌のぬくもりが恋しくてならない。男女の営みはどうでもいい。いっしょに肌を合わせているだけで満たされる。

いつしか両手が下腹部へと伸び、湯文字を分けて入り込み、肉マンジュウの上へと移っていった。

雅風に撫でられ、ワレメの中に指を入れられ、いかがわしい淫具まで入れられたことを思い出した。今すぐにでも雅風の休んでいる部屋に行き、そっと横に潜り込みたかった。

「先生……」

ふたたびそう呟いた悠香は、肉マンジュウを掌で包み込むと、切ない喘ぎを洩らした。

いつもはベッドの中で下腹部に手が伸びると指を動かし、法悦を極めてからしか眠れない。けれど、昼間、ここで雅風にこってりと愛されただけに、自分の指で極めたいという気持ちは起こらない。それより、雅風と躰を寄せ合っていたかった。

雅風が他の部屋で休んでいると思うと、やるせない。慎介さえいなければ雅風と寄り添い、肌のぬくもりを感じながら安らかに眠りにつくことができたはずだ。翳りを載せた肉の堤を撫でながら、悠香は溜息をついた。

静かだ。時を刻む時計の音だけが、やけに大きく耳に届く。目を閉じても、またすぐに開いてしまう。徐々に薄闇にも慣れてきた。

明日になれば慎介のことは何とかなるだろうか。雅風の力を借りて解決できるだろうか……。

悠香は溜息をついた。

やがて、廊下で人の気配がした。足音を忍ばせ、こちらへ確実に近づいてくる。雅風が来てくれるのだと、悠香は嬉しさのあまり、唇をゆるめた。

部屋の前で足音が止まった。

悠香は動悸がした。湯文字を整え、目を閉じ、寝ているふりをして雅風を待った。

そっと障子が開いた。嬉しい期待に、ますます動悸が激しくなった。

人が入ってきた。

障子が閉まると、数秒ほど静けさがあった。悠香を窺っているのかもしれない。

眠ったふりをしていれば、雅風はそっと出ていくだろうか。そんな不安が掠め、声を出すべきかどうか迷った。

かすかな金属音がして、服の落ちる音がした。そのとき初めて、悠香は不自然さに気づいてはっとした。雅風は着物だった。ベルトの音がするのはおかしい。

目を開けたとき、不意に掌で唇を塞がれ、悠香は恐怖に汗を噴きこぼした。

「継母さん、我慢できない。どんなに長い時間だったかわかるか。朝から、どんな思いで過ごしていたかわかるか？　やっと会えたと思ったらよけいな奴がいて、しかも、継母さんはここに泊まると言うんだ。だから俺は酔い潰れた真似をするしかなかった」

慎介の声と同時に、酒の匂いがした。

雅風しかここには来ないと思っていた。慎介は泥酔し、しばらく目覚めることはないと思っていた。けれど、慎介はここに泊まるために、酔ったふりをして留《とど》まったのだ。

そんなことは考えもせず、高を括《くく》っていた。じっくり休んで明日に備えようと言っていた雅風も、油断しているだろう。そして、今ごろ、ぐっすり寝入っているかもしれない。

「声を出して先生を呼ぶか？　呼んだら俺達の関係がばれるから、それもいい。俺達は離れられない関係だと言ってやる。母親と息子と思われてたまるか。継母さんが長く世話になっている先生なら、仲人になってくれと頼むのもいいかもしれないな」

口を塞がれている悠香はもがいた。

布団に入り込んだ慎介は、悠香の唇を塞いでいた手を離すと同時に、唇を押しつけた。

「ぐ……うぐぐ」

悠香はイヤイヤをして慎介の唇から逃れようとした。

力ずくで唇を塞いだものの、舌を入れられないとわかった慎介は、悠香の両手をひとつにして左手で押さえつけ、右手で湯文字を開いた。それから膝の狭間に脚をこじ入れて割り開き、躰を入れた。

悠香は全力で抗った。それでも、慎介の力には及ばなかった。

慎介の右手は、漆黒の翳りで止まることもなく、すぐに縦長のワレメに潜り込み、花びらのあわいを伝って秘口へと進んだ。

「ぐ……」

指が女壺へと入り込んだとき、悠香は眉間に深い皺を寄せた。

慎介は悠香が声を出せないように、唇を押しつけている。その力強さに、悠香は顔を離すことができなかった。

指は根元まで沈むと、浮き上がり、何度か強引に出し入れされた。それから、花びらや肉のマメを這いまわった。

「うぐ……ぐ……」

悠香はもがいた。だが、唇は塞がれ、両手も慎介の左手だけで、しっかりと押さえつけられている。

女の器官を這いまわって玩んでいる指は、また秘口に押し込まれ、何度も出し入れされた。そして、また花びらの脇や肉のマメの周辺を滑っていった。

慎介は否応なしに剛棒を挿入しようとしている。そのために蜜液を湧かせようとしているのだと気づき、悠香は腰をくねらせて指から逃れようとした。だが、執拗にいじりまわされていると、女壺に入り込んだ指の動きが最初よりいくらかなめらかになってきた。

慎介の肉茎は、ますます猛《たけ》り狂い、腰の近くでクイクイと首を振り立てた。

一本だった指が二本になって押し込まれ、何度も行き来した。だが、快感はなく、スムーズな抜き差しにはならなかった。

指が抜かれた。代わりに、慎介の股間で暴れていた剛直が秘口に押しつけられ、グイッと一気に押し込まれた。

「うぐ……」

中心を貫いた肉杭に秘口がひりつき、悠香は顔を歪めた。

慎介が重なっていた唇をようやく離した。だが、悠香はもはや助けを呼ぶことができなかった。どうにもならなかったこととはいえ、雅風を裏切った気がして心が痛んだ。こんな姿を雅風に見られるわけにはいかない。

「継母さん、いやがっているようで、ちゃんと受け入れてくれたじゃないか。したかったんだろう？　親父がいなくなって一年半にもなるんだ。したいはずだ。親父に対して申し訳ないと思ってるのか。だから俺を避けようとするのか。継母さんを上海に連れて行く。俺はそう決めて帰ってきたんだ」

慎介の腰が動きはじめた。

「痛い。いや……」

悠香は顔を歪めた。

肉茎を挿入する前に慎介は指を女壺に入れて動かしたが、それよりはるかに太い肉茎が入るには蜜が足りない。

いつもは豊富なうるみが溢れるが、心が渇いているだけ蜜液も乾いている。雅風との営みではしたたるほど溢れていたのが嘘のようだ。

「あう、痛い！」

「痛いはずがないだろう。もっと太い奴だって咥えられるはずだ」

慎介は容赦なく腰を動かした。

「い、痛い！　やめて」

ひりつきは酷くなるばかりだ。

悠香は何度も慎介の胸を押し退けようとした。邪魔されながらも慎介は腰を動かした。悠香の苦痛の声が大きくなってきた。

「何をしている！」

障子が開き、雅風の怒りの声がした。

慎介の動きが止まった。

明かりが点いた。

慌てた慎介が半身を起こすと同時に、剛直が抜けた。

悠香も予想外のできごとに硬直した。

「服を着なさい。酔っていないのなら帰ってもらう。すぐにタクシーを呼ぼう」

寝間着を着ている雅風の口調は凜としていた。

「いくら自分の家だからといって、いきなり入ってくるとはマナー違反じゃないか。俺と継母さんはこんな仲だ。血は繋がっていない。いっしょになるんだ。出て行けと言われるなら、継母さんと出て行く。継母さん、服を着ろよ」

悠香は何も言えなかった。

慎介に異性としての愛情はないが、ひとつになっているところを見られた以上、雅風への後ろめたさと心の痛みに、早くここから消えてしまいたい。

悠香は背を向けて半身を起こし、乱れた襦袢の胸元を掻き合わせると、枕元に畳んで置いていた長襦袢に手を伸ばした。

雅風の亡き妻のものだと思うと、すでに身につけたものとはいえ、拝借するのが心苦しい。けれど、自宅を出るときに着てきた洋服はここにはなく、今は一時も早く身繕いしたいだけだ。ふたりに背中を向けて長襦袢を肩から羽織り、躰を隠して立ち上がった。慎介がズボンを穿いているのは、ベルトの音でわかった。

長襦袢の身頃を合わせた悠香は、伊達締めを締めると、吊してある着物の前に立った。

「着物を着ることはないだろう？」

背中で雅風の声がした。

亡き妻の着物には触れるなと言われた気がして、悠香は衣紋掛けに伸ばそうとした手を引いた。哀しみがこみ上げた。

「このまま帰れということか？」

ズボンも穿き、ベルトも締めた慎介が雅風に食ってかかった。

「帰るのは慎介君だけだ」

雅風はどこまでも落ち着いていた。

「どういうことだ」

「悠香さんには残ってもらう。きみがしたことは犯罪だ。わからないのか。犯罪者にしたくないから今回だけは目をつぶろう」

「犯罪？　もうすぐいっしょになる男と女がセックスをするのが犯罪か。未成年でもなし、まして合意の上だ。今が初めてじゃないんだ。昨日だって」

慎介は勝利者のような笑みを雅風に向けた。

「やめて！」

聞いているだけで苦痛だった。耳を塞ぎたかった。昨夜のことはすでに雅風に話しているが、力ずくとはいえ、また慎介とこんなことになってしまい、悠香はいたたまれなかった。

悠香は長襦袢のまま部屋を出た。

「そのままで帰ってもおかしくないか。着物を着る時間も惜しい。浴衣みたいに見えるし、それでタクシーに乗っても不自然じゃないかもな」

慎介が後を追おうとした。

「お手洗いに……」

慎介がついて来ないように、悠香は嘘をついた。

悠香は洗面所を過ぎ、玄関に向かった。

雅風は布団の中でひとつになっていたふたりを見ただけでなく、慎介に面と向かって悠香との関係を口にされ、今までの好意的な気持ちも萎えただろう。

昨夜、慎介に愛を告白されたときは動揺し、抱かれたときは奈落の底に落ちていく気がした。けれど、今日になって雅風に救われた思いがして、久々の至福を感じていた。それが、また暗い沼底に沈んでしまった。

愛されるのが幸福とは限らない。今、慎介に愛されることで懊悩している。慎介に愛されて雅風を失い、何もかもなくした気がしている。

雅風に見放されたとしても、慎介といっしょになる気持ちはない。息子としか思っていない男を、恋人と思え、夫にしろと言う方が無理だ。

慎介に追いつめられていく。どこに行っても慎介が追ってくるような気がしてならない。

草履を履いた悠香は、そっと玄関を出ると、足音を忍ばせて門扉に向かった。

木賊《とくさ》色地に淡い青海波《せいがいは》模様の入った絹の長襦袢は、月明かりの下で青白く光った。

門に近づいたとき、玄関の開く音がした。

「継母さん！」

慎介の声に硬直し、心臓の音が耳に届くほど高鳴った。

走ってくる慎介に、硬直から解けた悠香は門扉に急いだ。逃げることしか考えなかった。

深夜の道は静まり返っている。普段なら、長襦袢で外に出る勇気などないが、今の悠香にはそんなことを考える余地もなかった。

草履の足元が覚束ない。門扉を開けようとしたとき足音は背後に迫った。

追いついた慎介に左腕をつかまれた悠香は、ヒッと恐怖の声を上げた。

「継母さん！」

「いやっ！」

悠香はまだ開いていない門扉を右手で押した。

「帰るなら帰ると言えよ。ひとりで帰ることはないだろう？」

慎介は肩で息をしていた。

「英慈さんの所に行くの」

息を弾ませながら、悠香は亡き夫の名前を出した。

「今から墓参りか」

「放すんだ！」

やってきた雅風は、ふたりの間に割って入った。

「きみは本当に墓参りなどと呑気《のんき》なことを考えているのか。悠香さんが死ぬ気になっているのがわからないのか。四六時中監視しているわけにはいかないんだぞ。悠香さんは車にでも飛び込んで死ぬつもりだったんだ。ここから出ていたら死んでいたぞ」

慎介の正面に立っていた雅風は語気を強めた後、振り返って悠香を見つめた。

「そうだろう？」

唇をゆるめて左目をつぶった雅風に、悠香は狼狽《ろうばい》した。だが、慎介に向かって躰を戻したとき、また厳しい表情に戻っていた。

「英慈さんというのは亡くなったきみの父親、悠香さんのご主人だろう。そこに行くというのは死ぬということじゃないか。これがきみのしようとしていることだ。悠香さんが死ねば本望か。殺人まで犯す気か」

慎介の顔が強張った。

「継母さん、そんなことは考えてないよな？　いい加減なことを言う先生だよな。何とか言ってやれよ」

「死ぬつもりよ。慎介さんに力ずくで連れて行かれるぐらいなら」

死ぬつもりだったのかどうかわからない。ただ慎介から逃げたかった。雅風の言葉を借りた。

「嘘だ！」

「一方的に悠香さんを自分のものにしようと思っても無理だということぐらい、少し考えればわかることだろう？　悠香さんを死なせていいのか。きみがいいと言っても、私は許さない。私の妻になる女だからな」

はっきりと言いきった雅風に、慎介は息を呑んだ。悠香も目を見開いた。

「きみの父上の三回忌が終わったら籍を入れることになっている。いっしょに食事をした娘にも話してある。何か言うことはあるか。今日のことは忘れてやるから帰りなさい。むろん、ひとりでだ」

雅風の口から次々と出てくる言葉に、慎介は荒い息を鼻からこぼした。

「継母さんはな、昨日、二回もフェラチオしてくれたんだ。嫌いな男にそんなことができると思うか？　継母さん、たっぷりと舐めまわしてくれたよな？」

気圧されていた慎介が、不意に頬をゆるめ、勝ち誇った口調で言った。

口戯を強引に要求していながら、いかにも悠香に愛情があるような口振りの慎介に怒りがこみ上げた。同時に、一方的に抱かれただけでなく、そんなことまで慎介に施したことを知られ、雅風に顔向けできないと悠香は引け目を感じた。

口戯のことは隠そうとしていたわけではない。強制されたことだった。だから、わざわざ告白することはないと思った。けれど、話していないことを慎介の口から生々しく告げられると、身の置き場がなくなる。慎介を拒むことができたかもしれないのを、安易に従ってしまったのではないかとも思えてくる。

「きみが悠香さんを幸せにできるなら渡してもいい。だけど、傷つけるばかりだ。だから、渡せない」

雅風は動じていない。愛想を尽かされたのではないかと思っていただけに、その落ち着きも悠香を守ろうとしている姿も心に染みた。

「俺は十年以上待ったんだ。いっしょになれないと思っていたのに親父が死んだ。親父の代わりに、継母さんは今度は俺と暮らすんだ。継母さんを他人に渡せるはずがないだろう」

慎介は聞く耳を持たなかった。その目は薄闇の中でも血走っていた。

「きみは、ずっと、継母さんと言ってるじゃないか。そうだ、悠香さんはこれからも、きみの母親だ」

「ちがう！」

慎介の肩先が喘いだ。

「頭を冷やしてくるんだ。タクシーを呼んでやろう」

「継母さんもいっしょだ」

慎介が改めて悠香の手を取った。

「このままじゃ帰れないわ……ちゃんと服を着てから……」

慎介は硬い表情を即座に崩し、雅風をこれ見よがしに見つめた。

「悠香さん、戻ることはない。ここにいなさい」

「いえ、このままでは先生に迷惑をかけてしまいます」

「そんなことはない」

「帰ります」

慎介の機嫌をとるつもりはなかった。雅風とこれからどうなるかわからないが、それを抜きにしても、慎介と決着をつけなければならない。ここに居続けても、慎介が諦めるとは思えない。いつまでも逃げ隠れしているわけにはいかない。今だけのことではなく、これから一生のことだ。

「先生、身繕いさせてください」

「ここにいるんだ」

雅風は言い聞かせるような口調で言った。

「帰ります」

悠香は今までになくはっきりと返した。

「悠香さんの気持ちを尊重しよう。気のすむようにしなさい。後悔しないのがいちばんだ」

初めて雅風が溜息をついた。

悠香に逃げられるのではないかと思っているのか、慎介は玄関までついてきた。

「そこで待ってて。ここにいれば閉め出される心配はないでしょう？」

雅風の屋敷ということもあり、悠香に釘を刺された慎介は、上がり框《かまち》に腰を下ろした。

「タクシーを呼んでおこう」

雅風が言った。

悠香は雅風と和室に戻った。

「洋服を返していただけますか？」

「着物を着て行きなさい」

「大切な奥様のお召し物ですから」

「かまわない。着ていってほしいんだ。それから、時間は気にしなくていい。いつでも帰っておいで。今日でも、明日でも一年先でも。一年先は遠すぎるがな」

笑っている雅風の落ち着きは、歳を重ねた大人のものだ。それに比べ、二十八歳の慎介は第一線で働き、仕事はできるかもしれないが、大事なところは子供のままだ。その子供に悠香は翻弄されている。

慎介が帰国して一日足らずしか経っていないが、長い長い時間が経過したように思われてならない。

深夜に不意に上海から戻ってきた慎介。その慎介との理不尽な時間。そして、逃げるように家を飛び出し、雅風の屋敷に来てからの予想もしなかった時間。落ち着きはじめたところに、雅風の屋敷にまでやってきて、あろうことか泥酔したふりをして、悠香の床に忍んで組み伏せた慎介……。

現実ではないかもしれない。夢を見ているのかもしれない……。

悠香はそんなことさえ考えてしまう。

「ここにいた方がいいんじゃないか？」

手際よく着物を着て帯を締めている悠香に、雅風が訊いた。

「ここに居続けても慎介さんが納得しませんから……」

「今夜は楽しい夜になるはずだったが残念だな」

「ごめんなさい……」

「悠香さんが悪いんじゃない。謝ることはない」

「あの……」

「うん？」

「いいえ……行きます」

和服のときも下穿きをつける悠香は、ショーツを穿いていないのがずっと気になっている。けれど、下穿きをつけようがつけまいが何の意味があるだろう。悠香は思い直して言葉を呑んだ。

玄関の慎介は悠香が戻ってくるかどうか疑念を抱いていたのか、姿を見ると安堵の顔を見せた。

門扉まで雅風に送られるとき、三人とも押し黙っていた。

やってきたタクシーに乗るとき、悠香は雅風の目をまっすぐに見つめて会釈した。

雅風が黙って頷いた。

タクシーが動き出しても、門扉のところに立っている雅風を、悠香は首をまわして見つめていた。

自宅の玄関に入ると、長く留守にしていたような気がした。

「継母さん！」

悠香が草履を脱いで上がるなり、慎介は荒々しい息を吐いて抱きついた。

慎介が黙って休むはずがないのはわかっていた。それでも唇を塞がれると、覚悟していたとはいえ困惑した。

力を抜くと舌が入り込んできた。だが、悠香は舌を動かすことも慎介の唾液を味わうこともできなかった。

「疲れたわ。今夜はゆっくり休ませてちょうだい」

顔が離れたとき、悠香は言った。

雅風の屋敷で夕方まで熟睡したが、神経が疲れている。強引な慎介の行為で、女の器官も熱を持っているようだ。肉の渇きで疼くのとちがい、腫《は》れぼったい感覚だ。

「途中で邪魔されて、このまま休めるはずがないだろう」

「私はいや。疲れているの」

悠香はかつてないほどはっきりと、そして、素っ気なく言った。

慎介の表情が変わった。

「抱くなと、そういうことか」

「慎介さんは英慈さんの子供。だから、私の息子。それ以外に考えられないわ」

言っても無駄とわかっていながら、悠香は繰り返さずにはいられなかった。

「シャワーを浴びたら休むわ。ひとりにさせて」

悠香は慎介に背を向けて和室に入り、雅風の妻の粋な着物を脱いだ。

慎介が追ってこないのが意外だ。一方的な愛情では無駄なことを悟ったのだろうか。けれど、やっとふたりきりになったというのに、急に離れるのもおかしい。かえって不安になる。

長襦袢を脱ぎ、肌襦袢と湯文字をつけたまま、ネグリジェではなく、パジャマと下着を用意して浴室に向かった。

シャワーの音がしている。慎介が先に使っている。いやな予感がした。

慎介はすぐに出てきた。

「ああ、さっぱりした。親父のパジャマはまだあるのか？　あるなら貸してくれ」

タオルで前を隠そうともしない慎介に、悠香は目を逸らした。

「すぐに用意するわ……」

「いや、いい。思い出した。継母さんがいないときに家捜ししたんだった。和室の簞笥の一番下だ。いや、そこはショーツやブラジャーだった。二番目だ。スケスケの紅いネグリジェといっしょに並んでいた。そうだよな？」

唇をゆるめた慎介に、悠香は顔から火が出るほど恥ずかしかった。

慎介が就職してこの家から出たとき、英慈に乞われて買った蠱惑的《こわくてき》な寝間着だ。それを着てベッドに入ると英慈は悦んだ。だから、英慈が亡くなってからも、英慈のパジャマとそれを、いつもいっしょに仕舞っていた。

「パジャマは自分で出すから、継母さんはシャワーを使ってくれ」

慎介はふふと笑って背を向けた。

箪笥を勝手に開けられるのは気になるが、今さら遅い気もして、悠香は浴室に入った。

ノズルを取り、肩から胸、背中へと湯を掛けていった。ボディソープで下腹部を念入りに洗った。慎介とひとつになった痕跡を消したかった。

「そろそろいいか?」

いきなりだった。慎介が浴室を開けて顔を出した。

「だめっ!」

慎介はバスタオルを首に掛けていたが、素裸だった。シャワーの音で慎介が側《そば》に来ているのに気づかなかった。

「立ったまま風呂でするのもいいだろう?」

「いや!」

悠香は右手で乳房を、左手で下腹部を隠した。

「そうか。疲れているから今夜はしたくない。そう言ってたよな?」

「そう」

「じゃあ、おとなしく寝かせてやってもいいんだ。セックスはしない。それでいいんだな」

「そうよ。出ていって」

ドアを閉めようとしたが、それより早く慎介の躰が浴室に入り込んだ。

「ヒッ！」

左手に握られている剃刀《かみそり》を見て、悠香はそそけだった。

「そんなに恐がるなよ。殺されるとでも思ったのか？　セックスはしない。その代わり、継母さんのオケケを剃《そ》り上げる。それだけだ」

慎介は満面の笑みを浮かべた。

「きれいなオケケがなくなるのは惜しい気もするけど、つるつるになったら他の男の所に行けないだろう？　それに、赤ちゃんみたいになった継母さんのそこを見たい。ヘアのない継母さんは可愛いだろうからな」

剃刀を手に近づく慎介に、悠香は生きた心地もしなかった。翳りを剃ると言っているが、いつ他の部分に刃物が向けられるかと恐ろしくてならない。

シャワーで暖まった躰が一気に冷え、総身が粟立ち、脚が震えた。

「ここで剃ると後始末が簡単だろう？　シャワーで流せばおしまいだ。そのまま横になるのは冷たいだろうから、バスタオルを用意したってわけだ。ほら、この上に横になれよ」

首に掛けていたバスタオルを、放るようにして濡れた洗い場に広げた。

「オケケを剃られるのはいやか。だったら、今からムスコを押し込むだけだ。継母さんとなら一日中でもできる。いや、二日でも三日でもできる。寝ないでやり続けてみるか」

慎介の股間のものは弓のように反り返り、鈴口から透明液が溢れていた。そして、悠香を求めてヒクヒクと暴れていた。

「入れていいんだな？」

「いや……」

剃刀を持っている慎介に怯え、悠香の喉はカラカラになった。

「だったら、さっさと横になれよ。立ったまま剃るのは難しそうだ。手元が狂って継母さんを傷つけたら後悔する。シルクのような白い肌から滲む赤い血なんか見たくないからな」

悠香には脅しの言葉としかとれなかった。

「枕がいるか？」

ドアの外に手を出した慎介は、もう一枚のバスタオルを取ると、くるくると丸めて壁の近くに置いた。

「さあ、ベッドができた。横になれよ。俺は欲求不満なんだ。いつまでも継母さんの焦らしにつき合ってるわけにはいかないからな。剃らしてくれないならムスコをぶち込む」

悠香は迷った。

剃毛されるぐらいなら行為を許した方がいいだろうか。いや、二度と抱かれるわけにはいかない……。

何度か心が揺らいだが、最後に悠香は洗い場のバスタオルの上に横になった。

シャワーの湯を悠香の下腹部に掛けた慎介は、ボディソープで翳りを泡立てた。悠香の乳房は恐怖で波打った。

「動くなよ。きれいに剃ってやるからな」

慎介の言葉も昂ぶっていた。

白く泡立った肉の堤の中心に剃刀が当てられ、下へと滑っていった。

静寂の中でジョリッとかすかな音がしたようで、悠香はまた鳥肌立った。

慎重に剃刀が滑っていった。手元が狂わないように用心深くやっているように見えるが、慎介の吐く息は荒々しい。いつ手元が狂ってもおかしくないと、悠香は恐怖に身じろぎもできなかった。

「上の方は簡単でも、ワレメのあたりが微妙だな」

肉マンジュウの合わせ目をくつろげた慎介は、その縁にも剃刀を当てていった。いっそう恐怖が増した。

「継母さんのオケケは意外と濃いから剃り甲斐がある。うっすら生えてるのが似合いと思ったけど、濃いのはスキモノのようでいい。それに、薄い奴のを剃っても面白くなさそうだ」

緊張をほぐすためか、慎介はそんな無駄口を叩きながら、無理に笑おうとした。

翳りが生え始めたのは中学生のときだった。ある日、何かがついているようで取ろうとすると抵抗があり、今まで何もなかったところに数本の短い毛が生えているのがわかってギョッとした。そんな日が来るのを想像したこともなかっただけに、ショックの後、しばらく困惑が消えなかった。けれど、今は翳りがなくなるのが屈辱だ。

生え揃っていた漆黒の翳りを、継子の慎介が剃毛していく。哀しみなのか怒りなのか、混乱している悠香には、自分の感情さえよくわからなかった。

動けば傷つきそうで、悠香は身じろぎもせず、浴室の洗い場に敷かれたバスタオルの上で息をひそめて横たわっていた。

ほっくらした肉の丘の合わせ目あたりを剃られていると、肉のマメや花びらに剃刀が触れるのではないかと、恐怖は増すばかりだ。

「継母さん、親父からこんなことをされたことはないのか。オケケを剃るのは、けっこう楽しいもんだな。癖になりそうだ」

慎介は張りつめた空気を気にしているのか、ときおり何か喋《しゃべ》って気持ちをほぐそうとしている。けれど、場がやわらぐはずもなく、すぐに恥毛が剃り上げられるときのかすかな音が広がり、かえって静寂を濃くした。

悠香はいつしか両手を握りしめていた。

「さて、どうかな」

シャワーの湯が下腹部に掛けられた。

「おう、完璧だ」

歪んだ笑いを浮かべた慎介はワレメをくつろげ、そこにもシャワーを掛けた。

「あう！」

肉のマメに直接当たったしぶきに、悠香はすぐさま敏感に反応して声を上げた。

「まるで赤ん坊だ。それなのにオッパイのふくらみはやっぱり熟女だ。腰の肉のつき具合も」

昂ぶっているとわかる慎介は、故意に冷静を装おうとしている。けれど、悠香には興奮している慎介がわかった。この場で組み敷かれるのではないかと、不安が掠めた。

「気がすんだ……？　しないと言うから……だから」

悠香の声が掠れた。湿気がある浴室というのに、喉がカラカラだ。

「興奮させておいてしないでと言うのか」

勝手に理不尽なことをしておきながら、慎介はまた横暴なことを言った。

「ここじゃしないさ。だけど、継母さんはシャワーだけでもいきそうじゃないか」

肉マンジュウをくつろげた慎介は、シャワーの水流を女の器官に注いだ。

「あうっ！　いやっ！」

強すぎる刺激に、すぐにも絶頂に追いやられそうだ。心地よさより苦痛が大きい。悠香は水流から逃げようと身をよじった。

左手で悠香の右足を、右足で悠香の左足を押さえつけた慎介は、ワレメに水流をかけ続けた。

「んんっ！」

すぐに法悦が駆け抜けた。

水流は敏感すぎる器官に注がれ続けている。

「んっ！　くっ！　ヒッ！　い、いやあ！」

快感を通り越した苦悶に、悠香は喉が張り裂けそうな悲鳴を上げた。

繰り返し押し寄せる絶頂のたびに総身が硬直し、フライパンに載せられているように腰が跳ねた。

激流に巻き込まれているような悠香の絶頂を、激情に駆られた慎介が見つめていた。

「ヒッ！　やめてっ！」

苦しすぎる絶頂の連鎖に、悠香は端正な顔を歪めて絶叫した。

「ベッドの上がいいか？」

慎介は水流を肉マンジュウのあわいから乳房へと向け、眉間に深い皺を刻んだ悠香を見つめた。

悠香はようやく頷いた。

慎介がシャワーのノズルをフックに掛けた。

悠香はすぐには動けなかった。

「女は何回でも気をやれていいな」

不自然な笑いを浮かべた慎介は、悠香の腕を引っ張って立ち上がらせた。繰り返された法悦で全身のエネルギーを使い果たし、悠香はよろけた。

「見ろよ。一本残らずきれいに剃り上げられたところを。上手いもんだろう？」

慎介は悠香を支えて浴室の鏡の前に立たせた。

鏡に映った下腹部に黒い翳りはなく、肉マンジュウのワレメが子供のもののようにはっきりと映っている。剃られているときは秘部が見えなかったが、こうして自分の目で確かめると、あまりにも異様で恥ずかしく、悠香は呆然とした。

「たまには何もないのもいいもんだろう？」

半開きの唇がかすかに震えている鏡の中の悠香を、慎介は唇を歪めて見つめた。

膝を折りそうになった悠香を支え直した慎介は、浴室のドアを開け、バスタオルを取ると、片方の手で悠香を支えながら躰を拭いていった。悠香は言葉を出すのも忘れ、慎介のなすがままだった。

寝室のベッドに悠香を横たえた慎介は、つるつるの肉マンジュウを撫でまわした。慎介の昂ぶりが荒々しい息遣いで伝わってくる。しかし、悠香の心は冷えていた。

慎介はセックスをしない代わりに剃毛すると言った。二度と抱かれるわけにはいかないと、破廉恥な行為をさせた。しかし、それによっていっそう興奮した慎介が、何もしないまま休むはずがない。

もうどうでもよかった。悠香が拒んでも、慎介の力にかなうはずがない。雅風の思いやりのある制止を振り切って戻ってきた。いつまでも慎介から逃げているわけにはいかない。決着をつけなければと思い、意を決して帰宅した。それなのに、自由にされ、気を殺がれ、対峙する気力は完全に萎えてしまった。

「ああ、継母さん……」

慎介は乳首を掌で包み、中心の乳首を吸い上げた。

「あう……」

悠香は声を上げた。けれど、快感の喘ぎではなかった。

舌で乳首を転がしては捏ねまわし、また吸い上げる慎介に、悠香は声を上げながらも、いつしか涙を流していた。

慎介が下腹部へと躰をずらし、太腿を押し上げて翳りの消えた肉マンジュウの狭間に頭を入れたときも、悠香は意志のない人形のように抵抗もせず、されるままだった。

指で肉マンジュウをくつろげた慎介が、舌を出し、秘口から肉のマメに向かって、ねっとりと舐めあげていった。

「んっ……」

悠香は声を上げたが力を抜き、天井を見つめていた。

英慈が元気だったときと同じ白い天井と照明のはずが、ちがう空間に紛れ込んでいるような気がする。だから、息子と思っていた継子の慎介がこんなことをしているのだ。元の世界に戻れば、これは夢だったとわかる。これは現実とちがう……。

悠香はそんなことも考えた。

口戯もそこそこに躰を起こした慎介が、ひくついている剛棒を肉の祠に押し入れた。

「痛っ！」

悠香は現実の肉の痛みに我に返って声を上げた。

ぬめりが足りないのを無視して強引に入り込んできた慎介に、またも秘口がひりついた。

それでも慎介の腰は動き続けた。悠香は慎介が法悦を極めるのを待つしかなかった。顔を歪め、抽送の痛みに耐えた。

そのうち、慎介の腰の動きが弱くなった。そして、秘口から肉茎が抜けていった。漲っていた肉茎が、すっかり萎えている。

「なぜだ……俺はこんなに待ったのに……なぜだ」

意志をなくした人形のように揺れる悠香に、慎介の興奮は冷めていた。悠香の目尻から伝っている涙にも勢いを殺がれている。

帰国するときの昂ぶり。そして、悠香を初めて抱いたときの昂ぶり。目覚めて悠香が消えていたときの動揺や焦り……。

今の悠香には、そんな慎介の気持ちがわかる。けれど、ここにいるのは慎介が恋い焦がれていた豊かな感情を持った悠香とはちがうと気づいただろうか。

「なぜだ……」

慎介の表情は苦悶に満ちていた。

「今までもこれからも……慎介さんは私の息子なの……息子でしかないの」

継子だから男として愛せないのではなく、慎介という男を異性として愛せない。性愛の対象にすることができない。求められても心がそちらに向かうとは限らない。一方的な慎介の愛にこたえることはできない。心と同じように躰も閉ざされている。

急に帰国して自分本位に悠香を蹂躙してきた慎介が、別人になったように勢いをなくしている。そして、不意に悠香の横に突っ伏し、号泣しはじめた。

予想外のことだった。慎介に憐憫が湧いた。憐憫が愛情に変わることはないが、息子に対する母親の気持ちになっていた。

「どうにもならないのよ……慎介さんは英慈さんの残した大切な子供。ずっとそうなの」

これまでの慎介の仕打ちも忘れ、悠香は赤ん坊をあやすように慎介の背中を撫で続けた。

慎介の泣き声が徐々に弱くなり、いつしか寝息に変わった。

慎介も疲れ果てていたのだ。起こさないようにそっと布団を掛けてやり、しばらく寝息を確かめていると、悠香もそのまま眠りの底に沈んでいた。

目覚めると、カーテンの隙間から入ってくる太陽の光で、壁の時計が八時を指しているのがわかった。横に慎介はいない。いっしょに寝入ってしまったのを思い出した悠香は、ベッドを出ようとしたものの、ショーツさえ身につけていないのに気づいて困惑した。

風呂で慎介に翳りを一本残らず剃り上げられたのも思い出し、下腹部に触れてみた。やはり指先に触れるものはなく、肉マンジュウはつるりとしている。屈辱に躰が火照った。

慎介に恥ずかしい裸身を見せたくないと、寝室のクロゼットから、処分寸前になっていたモスグリーンのワンピースを出して着た。インナーは和室だ。ワンピースを着て肌が隠れたことにホッとして、ドアをそっと開けた。

コーヒーの香りが鼻孔を刺激した。それだけで慎介が家にいるとわかり、落胆ではなく安堵した。

静かだ。気配を窺いながら和室に入り、箪笥からインナーを出し、すぐにショーツを穿いた。ひとまずホッとした。

ブラジャーをつけるにはワンピースを脱がなくてはならない。また廊下を窺い、慎介の姿がないのを確かめ、急いでショーツと同じベージュ色のブラジャーとスリップをつけ、ワンピースを着た。

号泣した慎介が気になるだけに、早くリビングに行こうと思って寝室を出たというのに、顔を出す勇気がない。

ひとつになり、下腹部も剃毛されていながら、やはり母と息子でしかないと言うのも不自然だ。それでも、慎介は悠香の気持ちを知って冷静になり、途中で行為をやめ、号泣したと信じている。一方的なことをする慎介には戻っていないだろう。

でも……。

悠香はリビングに行くべきかどうか、しばらく迷った。

「また出て行くのか」

いきなり顔を出した慎介に、悠香は狼狽した。慎介はシャツとズボンで、きちんとした格好だ。

「食事の準備をするわ……慎介さんが起きたのに気づかなかったの……コーヒーを淹れたのね。御飯じゃなく、洋食がいいの？」

「作ってくれるのか」

「慎介さんが戻ってから、まともなものを作ってないもの……」

「味噌汁がいい」

慎介はリビングへと戻っていった。

憑き物が落ちたように、慎介はおとなしくなっている。悠香に後ろめたさがつのった。

慎介は中学生のときに母親を亡くした。まだ母親が恋しいときだったかもしれない。それから二年後に、悠香は後妻に入った。母の愛情を求めていたかもしれない慎介に、悠香はどれだけ母親としての愛情を注いでやっただろう。慎介の母ではなく、英慈の妻として、女でしかなかった気がした。

慎介に、もっと母としての愛情を注いでやっていたら……。

強引に抱かれ、翳りを剃毛される破廉恥な行為までされていながら、悠香は今になって、そんな罪の意識に駆られた。慎介を責める気持ちより不憫に思う気持ちが勝ってきた。

悠香はリビングに向かった。慎介はソファに座ってコーヒーを飲んでいた。

「御飯は早炊きにするわ。その間にお味噌汁とおかずを作るから、ちょっとだけ待っててちょうだい。すぐにできるから」

悠香は明るく振る舞い、かつてのような笑みを慎介に送った。

味噌汁がいいと言った慎介に、豆腐と大根と油揚げの、英慈の好きだった材料を使い、浅葱《あさつき》を散らすことにした。

ひとり分なので少しだけしか漬けなくなった胡瓜《きゅうり》と茄子《なす》の糠《ぬか》漬《づ》けも出した。卵焼きの卵は四個使い、蟹缶の蟹と汁も混ぜた。キャベツは炒めて卵焼きの下に敷いた。

おかずを作っていると早炊きの御飯が炊きあがった。

ダイニングテーブルに並べ、慎介を呼んだ。

ひとりきりではない久々の食卓だ。

「美味そうだ……凄いな。短い時間でこれだけ作ってもらえるとは思わなかった。あったかい御飯と味噌汁と漬け物だけでもよかったのに」

慎介は並んだものを見て笑みを浮かべた。歪んだ笑いではなく、悠香が以前から知っている慎介の表情だ。

上海から帰国してからの身勝手な慎介が本当に存在したのか、悠香は夢を見ているような気がした。

何もなかったことにして接しようと思っても、一線を越えてしまったことや、頼りない下腹部を意識すると、どうしても視線を合わせ辛くなり、寡黙になってしまう。

「今日中に上海に帰る……」

「えっ……？」

「あっちに女がいる……だけど、決心がつかなかった……でも、もうわかった。継母さんを俺のものにはできない」

箸を休めた慎介がうつむいた。

「誰とつき合っても、継母さんが忘れられなかった。妊娠してる……」

「えっ？」

「堕ろせと言ったんだ。だけどいやだと言ってる。産むなら認知はしてやろうと思った……だけど、そんなになると、よけい継母さんに会いたくてたまらなくなった。他の女なんか……だけど、その女、継母さんのようにはいかないけど、料理も上手い……女房にするにはいいかもしれない」

慎介が無理に笑った。

「お父さんになってあげて……三人で帰国することになったら、ここに住むといいわ。何もかも慎介さんに渡したいの」

「継母さんはあの大きな屋敷に住めるし、ここは俺がもらったってかまわないか。それにしても、相変わらず美味い味噌汁だな。お代わり」

慎介が椀を差し出した。

上海に戻る慎介が泣きそうになるのを堪えていた顔を思い出すと、悠香はリビングのソファに座っていて泣きたくなった。

玄関の外まで送ろうとしても、ここまででいいときっぱりと言い、玄関のドアを閉めた。

悠香はすぐに門扉の見える廊下に移り、慎介の後ろ姿を見つめた。慎介が振り返ったら手を振ろうと思ったが、一度も振り向かずに歩いていった。

気が抜けてしまった。嵐のような時間だっただけに、静まり返った部屋は淋しすぎる。家のことを言うと、継母さんはあの大きな屋敷に住めるし、俺がもらったってかまわないかと、慎介はさらりと言ってのけた。

雅風との生活を許すと言っているのと同じだ。実の母が亡くなって英慈が悠香と再婚したいと言ったとき、慎介はすぐに許した。しかし、今になって考えると、激しい葛藤の末だったのだ。

実の母ではない女を母と呼ばなくてはならないことが、感受性の強い高校生の慎介にとっては認めがたく、母ではなく女だと思うようになったのではないだろうか。そんな気もしてきた。

慎介の淹れたコーヒーが、まだたっぷりと残っている。コーヒーメーカーのスイッチも入れたままだ。

悠香は暖かいコーヒーをカップに注いだ。いつもアメリカンだ。口に入れると、ちょうどいい濃さだった。悠香より早く目覚めた慎介は、どんな気持ちで悠香に触れずにベッドを離れ、リビングでコーヒーを淹れたのかと思うと切なすぎた。

正午過ぎに雅風から電話があるまで、悠香はソファでぼっとしていた。止まっていた時間が動き出した。

「いたのか。ほっとした。慎介君、上海に帰るようだな」

「えっ？　どうして……」

雅風の言葉に驚いた。

「空港からだと、今、電話があった」

慎介が雅風に電話したのが信じられず、悠香は息を呑んだ。

「悠香さんを任せると言われた」

そんなことをわざわざ電話したのかと、涙が出そうになった。

「だけど、二カ月は会わないでほしいとも言われた。どういうことだ」

その瞬間、悠香の意識は翳りのない下腹部へと向かった。動揺して言葉が消えた。

「何かあったのか」

「いえ……」

動悸がした。

「怪我でもしたんじゃないかと不安になった。何かあったんだな。顔でも傷ついてるんじゃないのか」

「いえ……」

「稽古もあるし、私の個展もあるし、二カ月も会わないわけにはいかないと言った。だから、これからおいで。あんな帰り方をされたし、ずっと心配していた。顔を見たい」

悠香は言葉に詰まった。

「来てくれるだろう？」

「ちょっと疲れてしまいました……また日を改めて参りますから」

「じゃあ、私がそちらに行こう」

「困ります」

即座に慎介の顔が浮かんだ。

慎介は上海に戻ると言ったが、本当だろうか。帰ったふりをして、またこっそり戻ってくるのではないだろうか。わざわざ雅風にまで電話して油断させておき、ふたりの逢瀬の現場に入り込んでくるつもりではないだろうか……。

雅風との関係を許すような素振りを見せたものの、そんなに簡単に諦められるだろうか。そんな思いが突如として浮かび、慎介が戻ってくる妄想に駆られた。

「ごめんなさい……奥様のお着物は、きちんと洗いに出してからお返ししますから」

悠香は電話を切った。

慎介に下腹部の翳りを一本残らず剃られてしまった。こんな状態で雅風に会えるはずがない。

自分から電話を切ったものの、哀しくてならない。雅風とはこれきりになるだろうか。

総身を愛でていった雅風の指や唇の感触を思い出すと、関係を断ち切るのが辛い。夫を亡くして一年半、自分の指だけで慰めてきた日々。それを、これから一生続けていくのは淋しく、惨めすぎる。

雅風なら心と肉の渇きを癒してくれる。けれど、裸になって懐に飛び込めない。深い関係を結んでしまったとはいえ、大きな負い目を感じている。そして、また慎介が戻ってくる危惧も消えていない。

長い間、悠香はリビングのソファに座っていた。何かを考えているのか考えていないのか、それさえわからなくなった。

我に返ったのは、来客を知らせるチャイムの音に気づいたときだった。

宅配便かと思った後で、慎介ではないかと動揺した。

「緒方です」

雅風がやってきたとわかり、動悸がした。どうしていいかわからず、すぐに言葉が出なかった。

「入れてもらうよ。玄関に行くから開けてくれないか」

門扉は慎介が出ていったときのままになっている。すぐに開くはずだ。

ひととき呆然としていた悠香は、慌てて門扉の見える場所から外を窺った。雅風の姿はなかったが、すぐに玄関のドアがノックされた。

玄関を開けると雅風が立っていた。顔を見るなり、不安より嬉しさが先立った。こんなにも会いたかったのだ。

「心配だった。帰すんじゃなかったと、ずっと後悔していた。慎介君が悠香さんといておとなしくしているはずがないからな」

核心を突かれ、悠香はうつむいた。喜びが、一気に不安と後ろめたさに変わった。

「慎介君から電話があったものの、本当に帰ったのかと疑うようになった。悠香さんと二カ月は会わないでくれというのもおかしい。その間、ここにいるから邪魔するなということだったのかもしれないとも思った。本当に帰ったのか？」

悠香はうつむいたまま頷いた。

「タクシーを待たせているんだ。いっしょに屋敷に来てくれないか。今日は午後からの稽古はないから、誰もいない」

今は雅風と躰を重ねるわけにはいかない。

「奥様のお着物がきれいになったらお持ちしますから……」

「まだ洗いに出すのは惜しい。きれいなはずだ。それとも、あれから汚れてしまったんだろうか」

「いえ、家に着いたらすぐに衣紋掛けに掛けましたから」

そう言った後で、帰宅するなり慎介と淫らなことをしたと思われたのではないかと汗ばんだ。

「それなら、それを着てうちにおいで。私が着せてあげよう」

「えっ……？」

「悠香さんに着せてやりたい」

「女性の着つけもおできになるんですか？」

「ああ。タクシーに悪いから急ぎたい。上げてくれないか。二、三十分待たせるかもしれないとは言っておいたが、あまり待たせると不審を買ってしまうかもしれない」

不安なことを言われ、悠香も焦った。そして、雅風を家に上げた。だが、翳りのない下腹部を意識して動揺していた。

「リビングで待っていてください。すぐに着替えてきますから」

「私に手伝わせてくれないか。タクシーが待っているんじゃ、変なこともできないし」

雅風がおどけた口調で言った。

「じゃあ、少しだけ待っていてください。長襦袢を着たらお呼びしますから」

「和服のときはショーツはなしだ」

受け入れられない言葉を、雅風が背後で口にした。

悠香は和室に入り、まず新しい湯文字と肌襦袢を出し、ワンピースとインナーを脱いだ。

ショーツの上から湯文字を着けようとしたとき、突然、雅風が顔を出した。

「いや！」

悠香は動転した。

「待てなくなった。血が騒ぐんだ」

入ってきた雅風に、悠香は背中を向けて、急いで湯文字を腰に巻いた。それを雅風が後ろから邪魔をし、グイと引いて剝ぎ取った。

「あっ、だめ！」

ショーツだけになった下腹部が恥ずかしく、悠香は雅風に背を向けたまま、両手でそこを隠した。

「着物のときはショーツは穿かないものだと言ったはずだ。それを脱いだら着せてやろう。そのままなら、いつまでもタクシーを待たせることになる。そのうち、痺《しび》れを切らした運転手がやってくるはずだ。どうする？」

悠香は泣きたくなった。

「湯文字と肌襦袢だけは私が……」

「わかった。悠香さんは奥ゆかしくて色っぽい。だから慎介君が」

「言わないで」

悠香は雅風の言葉を遮った。

「悪かった。ショーツは脱いでくれるんだな？」

「外で待っていてください」

「だめだ。脱いでくれるのを見届けないとな」

いっそう泣きたくなったが、雅風を説得するのは無理だろう。

悠香は背中を向けたまま、そっとショーツを下ろした。翳りのない肉の堤が剝き出しになったとき、体温が急上昇した。

不自然な下腹部を見られるわけにはいかない。悠香はしゃがんでショーツを踝から抜き取ると、丸めてそっと畳に置いた。

「湯文字をいただけますか……」

背後の雅風が気に掛かる。秘密を知られはしないかと、羞恥と恐怖がいっしょくたになっている。

屋敷に行けば、雅風は求めてくるだろう。けれど、まだ先のことまで考えるゆとりはなく、悠香は今だけのことしか念頭になかった。

剝ぎ取られた湯文字が背後から差し出された。悠香は背中を向けたまま手を伸ばした。だが、布地に触れたとたん、雅風によって腕をグイと引かれ、躰が回転した。

「いやあ！」

雅風の視線が下腹部に向いたのを知った悠香は、動転して声を上げた。

「そういうことか」

雅風の声に、悠香は顔を覆ってイヤイヤと首を振り立てた。

「二カ月で生え揃うものかな。何もないのも可愛くていい」

雅風は落ち着いている。抱きしめられても、悠香は恥ずかしさに消え入りたいだけだった。

「タクシーは断るか。見慣れないものを見たら、ここで抱きたくなった」

「だめ」

慎介が戻ってくる危惧がある。慎介の涙や決意を信じたものの、上海に着くまでは不安が消えない。

「つるつるのお饅頭を秘密にするつもりだったんだろう？　秘密がなくなったからには隠すこともないな？」

唇をゆるめた雅風は、悠香の腰に湯文字を巻いていった。悠香は喘ぎながらも、突っ立っていることしかできなかった。

雅風の手によってすべて着せられ、帯は帯枕を使わない粋な銀座結びに整えられた。

タクシーに乗っているとき、悠香は落ち着かなかった。

肉マンジュウに載っていた恥毛を一本残らず剃毛されたことを知られ、雅風の目を見ることも話すこともできず、運転手にまで秘密を知られているような被害妄想に駆られ、いたたまれなかった。

雅風の屋敷に着いてタクシーから降りたとき、運転手から離れられると、それだけでも救われる気がした。

「悠香さんが慎介君と出て行ってからの時間、やけに長かった。私が生きてきた年月より長く感じた。大袈裟《おおげさ》じゃない。本当に長かった」

門扉に入り、玄関へと歩いていく途中、雅風が今までになくまじめな顔で言った。

「眠ってらっしゃらないんじゃ……？」

「そうだな……悠香さんが二度と戻ってくれなかったらどうしようと不安だった。本意でなくても慎介君の情熱に押されて、あっちに行ってしまうんじゃないかと思ったりもした。まるで、十代のころに戻って切ない恋でもしているような気持ちだった。また来てくれて嬉しい。そうはいっても、強引だったかな？　ここに来たのを後悔しているか？」

悠香は首を振った。

「奥様に、いつも着物を着せておあげになっていたの……？」

悠香はさっきから気になっていたことを訊いた。

「女房が腰を痛めたことがあって、そのとき自分で帯を締められなかったんだ。帯を締めてくれたら助かるのにと言われて、そのときは間に合わなかったが、いちおう覚えることにした。それから、娘にもよく着せてやったものだ」

「男の人に着せてもらったのは初めて……帯を締めてもらうとき、とても幸せな気持ちでした……でも」

「うん？」

「嫌い……」

油断させておいて、唐突に下腹部を眺めた雅風の行為を思い出し、悠香は紅くなりながら顔を背けた。

「好きと言われたいが、そんな可愛い顔で嫌いと言われるのも、妙にぞくりとしていいものだな」

玄関を開けながら、雅風は笑みを浮かべた。

「ゆっくりお休みになって。逃げませんから……」

すでに剃毛された下腹部を見られたとはいえ、もう一度見られるには抵抗がある。慎介との時間が嵐のようだっただけに、悠香も躰の芯が疲れている気がした。

「眠るのが惜しい」

「今日はだめ……」

「焦らすのか？」

「眠いの……」

「じゃあ、眠ればいい。私は起きていよう」

雅風の言葉に心騒いだ。

「今日がだめなら明日もある。無性に書きたくなった。これから書くぞ」

「書を今から……ですか？」

悠香は狐に抓まれたような気がして尋ねた。

屋敷には他に誰もいない。ふたりきりである以上、雅風はすぐに求めてくると思っていた。翳り一本ない頼りない下腹部を思うと拒絶したいが、求めてこないようだとわかると、今度はもの足りない気持ちになった。

「意欲が湧いている。最高の筆に最高の紙があれば、いいものが書ける」

どんなときも沈着だった雅風が興奮しているのも不思議だ。

自宅にまで悠香を迎えに来た雅風が、屋敷に着くなり、悠香より書に心を傾けているのはどうしてだろう。悠香が戻ってきた安心から、くつろいだ気持ちになったのだろうか。

「こだわりの筆や紙が届きましたか……？」

注文していた筆がやっとできあがったと、かつて雅風が満面の笑みを浮かべていたことがあった。特別に漉《す》いてもらった和紙に書いてみたら、思いどおりに筆が運べたと、その作品を満足げに見せたこともあった。

「ああ、届いたばかりだ。昨日から書きたくてたまらなかったんだ」

悠香を自宅に迎えに行く前に届いたのでなく、昨日、届いたのだろうか。けれど、昨日、悠香が屋敷にいる間、何も荷物が届いた気配はなかった。

「私の一番気に入っている部屋に行こう」

雅風は仕事部屋でもある十二畳の和室に悠香を招き入れた。

ここは生徒達を入れる部屋ではなく、雅風が心を静め、ゆったりと書を書くために使うのだと聞いていた。久々に入る部屋だ。

床の間の鶴首の花器には、雲龍柳と、まだつぼみの白乙女椿が、さりげなく生けてある。

掛け軸は雅風の手による書だ。

黒い漆塗《うるしぬ》りの座卓の上には、筆や硯《すずり》などが置かれていた。

「すぐに戻ってくる」

そう言い残して部屋を出た雅風は、水滴ではなく、山水画の描かれた大きめの六角形の白磁の水差しを手に戻ってきた。

「悠香さん、人には見せることのない最高傑作を書こうと思う」

「他の人にお見せにならない最高傑作……？　個展でお出しになるものをお書きになるんじゃないんですか？」

「それが人には見えない文字なんだ。見えないものは展示できない」

雅風が何を言っているのか、悠香には、その意味が理解できなかった。

「さあ、最高のものに書くから、着物は脱いでもらおうか。悠香さんの肌に上等の筆で文字を書く。悠香さんと肌を合わせてから、どんな和紙より悠香さんの肌がいちばんだと思うようになった。悠香さんが慎介君と帰ってしまってからは、いっそうその思いが強くなった」

雅風の言葉に悠香は動悸がした。

悠香の前に立った雅風が帯締めを解いた。お太鼓がはらりと落ちた。

何が始まろうとしているのか、まだ漠然としている。肌に文字を書くと言われても、現実味がない。けれど、妖しい空気が漂っている。

帯を解かれ、着物を脱がされたとき、ほんのひととき忘れていた下腹部の翳りのことを思い出した。

「だめ……」

悠香は長襦袢を脱がされまいとした。

「戻ってきてくれたんだ。私の思うようにさせてもらってもいいだろう？　今日は抱かれたくはないのなら、強引なことはしない。悠香さんの肌に文字を書きたいだけだ。赤ん坊のようになったお饅頭も見てしまったんだ。何も隠すものはないだろう？」

穏和な口調には、まるで親が子供に言い聞かせているようなやさしい響きがあった。

悠香はためらいながらも力を抜いた。

「こんな日が来るとは思わなかった。昨日からの時間は短いはずが、長い長い時間だったような気もする。人生でこれほど貴重な時間は初めてだ。この時間がずっと続くといい。もう誰にも渡さない。そう決めた」

長襦袢を脱がせた雅風は、次に肌襦袢を肩から滑らせて脱がせた。次は湯文字の紐を解かれるのかと、いっそう動悸が激しくなったが、雅風は湯文字には手をつけず、畳一畳ほどもある毛氈《もうせん》を出した。

毛氈にも気を使う雅風は、気分に応じて色を使い分ける。緋、緑、濃紺などを使っているが、雅風が広げたのは緋色の毛氈だった。

「この上に横になってごらん」

湯文字は解かれないようで安堵したものの、妖しい申し出に心が騒いだ。

雅風は見えない文字と言った。肌に文字を書かれても、服を着てしまえば他人からは見えない。けれど、肌に書かれた黒い文字を想像すると胸が喘いだ。

悠香はトクトクと鳴っている心臓の音を気にしながら、緋色の毛氈にうつぶせになった。

仰向けになるには勇気がいる。そして、きまりが悪い。下半身は湯文字で隠れているとはいえ、こんな状況で乳房を晒すのは恥ずかしすぎる。すでに深い関係を結んでいながら、まだ雅風の前では大胆になれない。

「背中か。背中はいちばん書きやすそうだ。シルクよりなめらかな悠香さんの背中だから、筆も喜ぶだろう」

仰向けになれとは言われなかったことで、わずかながらほっとした。

雅風の動きは見えないが、筆に墨をつけているのだろう。かすかな音がして、部屋の空気が動いている。

「気に入りの筆で最高のものに書けると思うと、いつもとちがう高揚感でどんどん血が若返っていくようだ。じゃあ、失礼するよ」

筆を持った着流しの雅風が、悠香の両脚を跨いだ。

雅風の筆が右の肩胛骨《けんこうこつ》に触れたとき、悠香はその冷たさと妖しい感触に声を上げ、総身を強張らせた。

筆が動き出すと、くすぐったさもあり、逃げたくなった。けれど、墨が肌をしたたり、毛氈はともかく、畳を汚すことになったら……と思うと我慢するしかない。

「さあ、何と書いたかわかったら言ってごらん。もういちど書くよ」

「あう……だめ……んんっ」

くすぐったさは消えていないが、それ以上に肌がゾクゾクする。濡れた筆で何を書かれているかわかるはずもない。まるで口戯でも受けているようだ。

「思ひつつ寝《ぬ》ればや人の見えつらむ夢と知りせば覚めざらましを。小野小町だ。恋の歌を書くには、悠香さんの背中がぴったりだ。私は一途な若者のように悠香さんに夢中になってしまっているんだから。じゃあ、これはどうだ」

「んふ……あう、先生……動かさないで」

背中の隅々にまで筆が動いていく。雅風の筆使いがやさしいだけに、いっそう感じてしまう。またたくまに背中から下腹部へと疼きが広がっていった。悠香は拳を握って耐えた。掌の中は汗ばんでいた。

「あな恋し今も見てしが山賤《やまがつ》の垣ほに咲ける大和撫子……」

雅風が背中に書いた歌を口にした。

「これも古今和歌集の歌だが、もっと好きな歌があればそれを書く。背中に書いていたら、次は乳房に書きたくなった。もっと細い筆に替えるから、仰向けになってごらん」

妖しい疼きが耐え難くなっていただけに、背中への刺激から解放されると思うとほっとする。けれど、乳房と言われると、いっそう感じるのがわかり、悠香はためらった。

「仰向けだ」

「でも……」

「このままがいいなら、湯文字を捲り上げて可愛いお尻にでも書くか。お尻だけじゃなく、隠れている谷間のつぼみにも」

「だめっ！」

悠香は慌てて躰を回転させた。そのとき、墨が毛氈を汚してしまっただろうと慌てたが、横を向いて指先で濡れた毛氈に触れると透明な湿りだ。

そのとき初めて、雅風が筆につけているのは墨ではなく、水だと気づいた。大きめの水差しを持ってきたのは、そこに筆をつけて墨の代わりにするためだったのだ。

「お水だったの……？」

「うん？　墨で書いていると思ったのか。悠香さんの白い肌を汚すはずがないだろう」

雅風が笑った。

悠香は乳房を両手で隠した。

「昨日から、こうしたくてたまらなかったんだ。こんな幸せな時間を過ごしたことはない。手を退けてくれないか」

雅風が至福の時を過ごしているとわかると逆らうのが罪深く思え、悠香はためらいながらも手を離した。

つんと漲った椀形の乳房が、緊張に波打った。

雅風は今度は悠香を跨ごうとはせず、向かって左脇、悠香の右脇に膝を落とした。

水差しに筆を浸した雅風はふくらみの上に文字を書いた。

「夜もすがら消えかへりつるわが身かな涙の露にむすぼほれつつ」

最後のひらがなを書くとき、雅風の筆は左の乳首の上を滑った。

「あう……」

じっとしていることができず、悠香は喘ぎを洩らしながら細い肩先をくねらせた。

すでに乳首がコリコリとしこり立っている。雅風の繊細な指戯や口戯のように、その手に握られた筆は巧みに動き、悠香をねっとりと愛撫していった。

「今のは新古今和歌集だ。愛しい人に会えなくて夜通し、死んでしまいそうだったという歌だが、私も今朝まで辛かった。もう二度とそんなことはないと思うが、もういちど書いておこう」

「あう……だめ……ああう」

筆が肌に触れたときから、疼きは髪のつけ根や足指の先まで駆け抜けていき、下腹部では肉のマメがトクトクと脈打ちはじめた。

「何て色っぽい顔だ……もうずいぶんと濡れているんじゃないのか？　文字を書くといい声を出してくれる。予想はしていたものの、これほど悩ましい顔でこたえてくれるとは思わなかった。ムスコがクイクイと首をもたげてきた。これから、毎日こうやって悠香さんの肌に文字を書きたい。私の望みを聞いてくれるだろう？」

雅風は乳首の先を筆でくすぐった。文字を書いているのではなく、故意に敏感な果実を玩んでいるのがわかる。

肌に文字を書くと言われたときも心騒いだが、実際に文字を書かれてみると、想像以上の鋭くもやさしい感触に総身が粟立ち、躰の奥底から官能の炎が燃え上がってくる。雅風の動かす筆の強弱が肌に微妙な刺激を与え、疼きを広げていく。乳首に触れられているにも拘わらず、直接、肉のマメを筆の先で撫でまわされているようだ。

「だめ！」

我慢できずに、悠香は乳房を隠し、雅風の筆を遮った。

「いやじゃないだろう？　感じすぎて我慢できないだけだろう？　もうそこはだめか？」

喘ぐ悠香は、ふくらみを隠した両手に、さらに力を入れた。

「火照ってるようだな。まるで酔ってるように肌がピンク色に染まってきた。きれいだ。乳首はもう降参か。もう少し書かせてくれてもいいだろう？」

「だめ」

いっそう守りを堅くすると、雅風は筆を置いた。

雅風が諦めたのなら気が抜ける。破廉恥な行為を続けられれば耐えられないのはわかっていても、ここで終わってしまうと欲求不満になりそうだ。

筆を置いた雅風は、悠香の腰を包んでいた湯文字を、いきなり左上に捲り上げた。次に、下前になっていた布地を、右上に大胆に捲り上げた。

「いやあ！」

慎介によって剃毛された肉マンジュウが露わになり、悠香は悲鳴を上げ、両手でそこを隠した。

「一番大事なところに書かないでどうする。手を退けてくれないか」

「いや」

「本当にいやか？　望むことをさせてくれないのは、私のことが好きじゃないということか？　嫌いな男には好き勝手にされたくないものだろうし」

雅風が本心を言っているのか、単に困らせるためだけに言っているのか、悠香にはわからなかった。

「私のこと、本当は嫌いなんだな？」

「嫌いじゃない……でも」

わかっているくせにそんな質問をする雅風を意地悪な男だと思いながらも、身を引かれたらという不安に、悠香は眉間に可愛い皺を寄せたまま、小さな声でこたえた。

「だったら、その手は退けてもらおう」

「でも……」

「やっぱり私が嫌いだからいやなのか」

悠香の気持ちを知った上で、雅風は意地悪く少しずつ追いつめてくる。

「これが最後だ。いやなんだな？」

真顔で訊かれると、悠香は下腹部から手を離すしかなかった。恥ずかしくていたたまれず、口を半開きにしたまま胸を喘がせた。

かな文字用の細い筆を執って穂先に水を浸けた雅風に、悠香はまた両手の拳をギュッと握り、目を閉じた。

「あう……」

つるつるの肉マンジュウに筆が触れたとき、悠香は羞恥とゾクリとする感覚に、妖しく濡れた唇から湿った喘ぎを洩らした。

「何もないお饅頭も可愛いものだな。生え揃ったら、今度は私が剃ってやろう。剃りたくてたまらなくなった。どのくらいで生え揃うんだろうな。今から待ち遠しくてならない」

破廉恥なことを言いながら筆を動かしている雅風が、まともに文字を書いているのかどうか、悠香にはわからなかった。

縦長の肉マンジュウの合わせ目付近にも筆が動いていく。ときには鼠蹊部《そけいぶ》に滑っていった。

「あう……いやらしい……大事なお筆でこんなことをするなんて……あう……いや」

まるで千や万の触手で撫でまわされているようだ。やさしい筆の感触が、ジワジワと悠香の総身を犯している。肉の内側から燃えている。熱い。肉は燃え、心は淫らになっていく。

「脚を閉じているのに、洩らしたようにオツユがしたたっているじゃないか？　脚をうんと大きく開いてくれないか。いやらしいところがどんなになっているか見たい。開いてごらん」

雅風が破廉恥なことを言いつけた。

肌に濡れた筆を滑らせる雅風に、悠香の総身は滾っていた。もっと淫らなことをしてと言いたい気持ちが喉元まで出かかっている。けれど、言われるままに脚を開くことはできず、鼓動を高鳴らせながら喘いでいた。

「開いてくれないのか。じゃあ、私が指で開いて書くしかないな」

雅風は左手の親指と人差し指で、肉マンジュウのほころびを大きくくつろげた。

「あ……」

隠れていたパールピンクの粘膜が露わになり、雅風の視線の下で淫らにぬめ光った。

「私がいちばん文字を書きたかったのは背中でも乳首でもお饅頭でもなく、いつもは隠れているこの可愛いところだったんだ。手が震えそうだ。書き終わるまでじっとしているんだ。そうだ、万葉集の歌にしよう」

雅風の手にした細い筆は、悠香の花びらの尾根を辿っていった。

「人もなき国もあらぬか我妹子《わぎもこ》と携《たずさ》ひ行きてたぐひて居《を》らむ」

「あう……そこは……そこは……ああ……」

快感を紛らそうと、悠香は足袋に包まれている足指を擦り合わせた。感じすぎて透明なうるみが呆れるほど湧き出している。このまま法悦を極めそうだ。

「人のいない国はないだろうか。あなたとふたりでそこに行き、寄り添っていたいという歌だ。こんなことをしていると、この歌のように、誰もいない世界に行きたくなる。誰にも邪魔されない世界があったら、悠香さんとふたりで、一日中こんなことをして過ごすんだ。悠香さんもいやらしいことをされるのが好きだろう？」

雅風の筆は二枚の花びらの尾根を辿ると、花びらの内側や秘口の入口、肉のマメを包んでいる包皮にまで滑っていった。

「あう……我慢できない……ああ、先生……おかしくなる……おかしくなるの……」

悠香の乳房が大きく喘いだ。

「何て色っぽい顔だ。文字を書かれて感じるのか。オマメの上にも書いてほしいか」

「ちょうだい……先生の大きいのをちょうだい……」

筆で焦らされるのは限界だ。

「私だけのものになってくれるか？　いつもこんなことをしていいか？」

悠香は喘ぎながら頷いた。

「まだまだ可愛いところに文字を書いていたいのに、ムスコが悠香さんの中に入りたがって暴れだした」

ぬるぬるの蜜にまみれた筆を擱《お》いた雅風は、下穿きを取り、悠香の太腿の狭間に躰を入れると、着物の裾を割った。

肉茎の先がぬめった秘口に押し当てられ、腰がグイと沈んでいった。

「あはあ……」

悠香の顎が突き出され、悦楽の皺が眉間に刻まれ、濡れた紅い唇は、いっそう妖しい光沢を放って輝いた。

躰だけでなく、心までより深く繋がろうとするように、雅風は腰を揺すり上げた。

悠香の唇から喜悦の声が広がった。

本書は二〇〇九年一月三日から四月三十日まで、「スポニチ」（スポーツニッポン新聞社）にて連載された「濡れた唇」を改題し、加筆修正をした文庫オリジナルです。

GENTOSHA OUTLAW BUNKO

義母《ぎぼ》

藍川京《あいかわきょう》

平成21年8月10日　初版発行

発行人——石原正康
編集人——菊地朱雅子
発行所——株式会社幻冬舎
〒151-0051東京都渋谷区千駄ヶ谷4-9-7
電話　03(5411)6222(営業)
　　　03(5411)6211(編集)
　　振替00120-8-767643
印刷・製本—株式会社 光邦
装丁者——高橋雅之

万一、落丁乱丁のある場合は送料小社負担で
お取替致します。小社宛にお送り下さい。
定価はカバーに表示してあります。

幻冬舎アウトロー文庫

ISBN978-4-344-41355-9　C0193　O-39-22